2.43 清陰高校男子バレー部

春高編②

壁井ユカコ

集英社文庫

2.43 清陰高校男子バレー部

春高編 ②

目 次

KEISEI
1

【登場人物】

灰島公誓《はいじまきみちか》 ……… 1年生。バレーセンスの塊の〝天才セッター〟だが、人の気持ちが分からず、周囲と摩擦を引き起こしてばかりの問題児。

黒羽祐仁《くろばゆに》 ……… 1年生。幼なじみだった灰島と再会し、本格的にバレーを始める。身体能力は抜群だが、プレッシャーに弱いエース。

末森《すえもり》 荊《いばら》 ……… 2年生。中学時代は女子バレー部のエースだったが、高校で伸び悩み、一時期腐っていた。臨時マネージャーを頼まれて男子に帯同している。

棺野秋人《かんのあきと》 ……… 2年生。日光アレルギーで屋外での運動ができないハンデを持つ。荊とは中学から一緒にバレーをやってきた。

小田伸一郎《おだしんいちろう》 …… 3年生。男子バレー部主将。バレーに愛情と情熱を注ぐ熱血漢だが、身長の壁にぶつかっている。

青木《あおき》 操《みさお》 ……… 3年生。小田に誘われてバレーを始めた。バレー部副主将と生徒会副会長を掛け持つ秀才。クールな毒舌家。

弓掛篤志《ゆみかけあつし》 ……… 福岡県・箕宿高校3年生。主将。ユース代表。小柄ながら高校No.1の呼び声高い最強プレーヤー〝九州の弩弓〟。強靭な精神力と反骨心の持ち主。

浅野直澄《あさのなおずみ》 ……… 東京都・景星学園高校3年生。主将。ユース代表。弓掛とはライバルであり親友でもある。セッターもスパイカーもこなす万能型プレーヤー。

【これまでのあらすじ】

部員8名で〝春の高校バレー〟に乗り込んだ清陰高校男子バレー部。二回戦では2mの巨塔・川島賢峻を擁する鹿角山高校と対戦する。福井県代表決定戦で清陰と熱戦を演じた三村統も密かに観戦に訪れていた。そして三回戦、優勝候補・福岡箕宿高校戦で、175cmにして高校No.1と呼ばれる弓掛との激闘の末、清陰はベスト8に進出。センターコートが懸かる準々決勝で待ち受けるのは、箕宿の盟友・東京の景星学園で……。

2.43 清陰高校男子バレー部
春高編　②

第三話　覇道に清き帆をあげて

1. TOP 8

ピ――――……

敵のエースのすぐ後ろで、ユニフォームが透けるほどの汗で濡《ぬ》れそぼった背中を視界の端に見ながら、末森《すえもり》荊《いばら》は試合終了のホイッスルを聞いた。

清陰《せいいん》側のベンチまでボールを追ってきたところで敗戦を迎えたその人の、コートを見つめて立ち尽くす横顔を斜め後ろから窺《うかが》った。かける言葉があるわけではなかった。すぐに目を背け、自分のチームの選手たちを祝福するため、彼の横を追い越して歓声をあげながらコートへ飛びだした。

外尾《ほかお》と労をねぎらいあっていた棺野《かんの》が汗だくの顔をこっちに向けた。抱きつかん勢いで駆け寄った荊だが、その前でスピードを落として立ちどまった。

笑顔で右手を差しだす。棺野が薄く紅潮した頬に安堵《あんど》の笑みを浮かべて同じく右手を差しだしてきた。タッチを交わし、それから固く握手した。

と、その直後、大隈《おおくま》と内村《うちむら》が二人にまとめて抱きついてきた。外尾がはしゃいで大隈の背中に飛び乗り、大隈に押される形になった楦野にどさくさまぎれに抱きしめられた。二年五人でだんごになってよろこびあう中、荊は拳を突きあげ、誰よりも勇ましく雄《お》叫《たけ》びをあげた。

「よっしゃあーっ!! 八強入りじゃーっ!!」

＊

〝荊ちゃーーーん勝ったの!? ほんとのほんとに!? 間違いやないよね? すごいすごいすごいおめでとーーー!! ほんとにセンターコート行ってまうんでない!? すぐ準々決勝やろ? がんばっての! みんな応援してるでのー! あっ忙しいと思うで返事いらんでねー〟

清陰女子バレー部のチームメイトからメールが届いていた。福井からインターネットで速報をチェックするなり即行で送ってきたのだろう。普段はふんだんに使ってくる絵文字を選ぶ間も惜しいというばかりの文面から興奮ぶりが伝わってきた。

〝でも暇になったら写真送ってー!〟

と、思いだしたように直後にもう一通追加のメールも入っていた。

「あやのってば……」

慌ただしくもハイテンションなメールを見る頃には、けれど莉のテンションは逆に急落していたのだった。

試合終了直後の歓喜の爆発から一転、メインアリーナから引きあげてくるあいだにみんな喋《しゃべ》る元気も失っていった。サブアリーナにたどり着く前に一人、一人と力尽きるという凄惨《せいさん》な光景が見られた。遅れた部員を莉と内村でもって励ましつつ引きずってきて、サブアリーナの手前の廊下になんだかもう荷物を積むみたいに部員を集めると、

「あーもう、身体《からだ》冷える前にみんな着替えて。ダウンだけはちゃんとやって」

と一人一人を起こしてまわらねばならなかった。

途中で二つ目の取材に捕まった小田《おだ》はまだ戻っていない（コートの外ですぐに一つ目のインタビューを受けたので「二つ目」なのだ）。今もテレビカメラがチームの様子を映しているが、テレビ向けの体裁なんか繕う余力はなくみんなこの場で生乾きのユニフォームを首から引っこ抜いて着替えだした。

……注目されるのもきっとここまでだ……。

今日もう一試合を戦い抜けるなんて、こんな様子を見て思えるわけがない。

「マネージャー、弁当はあるんけのぉ？」

と、一人だけ汗のひと筋も流した形跡のない干からびた顔で戻ってきた顧問が呑気《のんき》に言ってきた。

「席に置いてあるんで勝手にどーぞ」

ほうかの、とサブアリーナにひょいひょい入っていく顧問を荊は精いっぱい胡乱《うろん》な目で見送った。

「水ありませんか」

と別の声をかけられ「はーい。ペットボトルでいい？」と振り返って答える。激戦地から引きあげてきた負傷兵よろしく廊下の壁にもたれてぐったりしている灰島《はいじま》がうなだれたまま「ただの水ならなんでも」と手を伸ばしてきた。

ミネラルウォーターのキャップをゆるめて手に持たせてやる。と、飲むのかと思ったら灰島はやにわにボトルの胴を握り潰して水を直接顔にぶっかけ、荊がドン引きしている前で瞼《まぶた》を持ちあげて鏡も見ずにコンタクトレンズを外すということをやってのけた。見た目はおとなしい一年生なのだがやることが意外とワイルドでときどき驚く。

ひとまずそれが火急の作業だったらしい。それから一応ストレッチをはじめたものの身体をたたんだまままことんと糸が切れたように寝てしまった。いやこれ気絶じゃないのか？

三回戦突破の功労者である灰島が見てのとおり現状使い物にならない。準々決勝の開始まで与えられた時間は数十分だ。進行中の試合がすこしでも長引いてくれればと思うが、それも焼け石に水だろう。

きっとここまでだ……。

ここまで来ただけでもすごいことをやり遂げたのだ。福蜂《ふくほう》工業が夏に築いた全国ベスト16という最高成績を一つあげ、福井県勢として快挙のベスト8。胸を張って福井に帰っていいはずだ。

「末森せんぱーい……」

と今度は足もとから命からがらといったしゃがれ声が聞こえ、開脚前屈した姿勢で果てていた黒羽《くろば》に足首を摑《つか》まれた。「ひぃ」と悲鳴をあげた荊をホラーじみた顔色で見あげてきて「食うもんありますか……腹ぺこです……」

「はあ？　なんやってか？」

思わず荊は訊《き》き返した。

あんな試合の直後に食欲があるって、どういう胃腸構造をしてるんだ。

「伸《しん》。メディア対応ご苦労さん」

青木《あおき》の声に「あー」と答える声が聞こえ、小田が遅れて戻ってきた。「喋り慣れんで倍疲れるわ……」げんなりした面持ちで頭を搔《か》きながらも、荊の顔を認めるなりなにを言ったかというと、

「末森、弁当あるか」

耳を疑った。

「スタンドに置いてきてあります……けど」

「食える奴は弁当食え。食えん奴にはなんか食えそうなもんだしてやってくれるか」

「は、はい。バナナとゼリーと、あとおにぎりなら買ってあります」

「助かる。準々決勝まで時間ないぞ！」

小田が活を入れると部員たちが腰をあげて廊下から移動しはじめた。唖然《あぜん》としていた荊も言われたものを用意するため他の部員を追い越してサブコートのスタンドに駆けあがった。内村と外尾が灰島を担いでチームが陣取っている列まで上ってきたので「こっち」と座席にベンチコートを敷き、灰島をそこへ引っ張りあげる。

「おかず食う気にならんでおにぎりくださいー」

「おれもー。米は食えんけどおにぎりは食えそう」

「一緒や」

ツッコミを入れつつ朝購入してきたおにぎりをまわす。どういう理屈か知らないが弁当よりおにぎりに手をだす者が多いので買っておいてよかった。

会話はほとんどない。水の底に沈むように座席に深く座り込んでみんな黙々と、とにかくエネルギーを補給するために口を動かす。

景星《けいせい》学園の部員たちがサブコートの半面でゆるく車座になっている様子がここから見下ろせる。スタンドの清陰の姿は向こうからももちろん見えているだろう。できればこんな様子をこれから戦う敵に見せたくはない。敵に余裕を与えるようなものだ。

「小田先輩。やっぱり廊下に移ったほうがいいんでないですか」

死体然として座席から片腕を垂らしている灰島をベンチコートで目隠ししておいて荊は小田に意見した。廊下に移動したところで景星の部員が通らない場所があるわけではないのだが。

「ひょ、ひょ、ひょ、ひょ。油断させておけばよかろ」

スタンドの上方の席で弁当をつついていた顧問が適当なことを言った。不気味な声で鳴く怪鳥でも止まり木におりたったのかと思った。さっきからホラー現場かここは。

しばらくすると景星チームが腰をあげてコートでアップを開始した。メインアリーナの賑《にぎ》わいと対照的に静かで怠惰な時間が流れていたサブアリーナが活気を取り戻し、かけ声やボールの音が響きはじめる。その音に本能的に反応したかのように灰島が身じろぎした。

「何分寝てました……？」

とベンチコートの下からこもった声が聞こえた。スタンドで休息を取りはじめてからまだ十五分ばかりしか経《た》っていない。だが時間を教えると灰島は補給を要求して起きあがった。

ゼリー飲料を受け取る腕一本動かすことすらどう見ても大儀そうだ。一試合のうちに擦り切れた左右の手指のテーピングが長い激戦の痕跡を象徴している。

「景星は箕宿《みぼし》とずっと練習してきてるんで箕宿の戦い方を吸収してるチームです。そのうえで今大会最高の高さとプレーヤーのバリエーションがあります」

ところが消し炭同然の肺活量と握力を費《つい》やしてゼリー飲料をひと口するなり、あいだになにかもう一、二段階あって然《しか》るべきことをすっ飛ばして景星戦の話をまくしたてはじめた。

「起きていきなり喋りだしたな……」

あきれる他の部員たちは灰島よりひと足先に摂取したカロリーが身体にまわりだしたようだ。この短時間で顔色がだいぶ戻り、一度エネルギーを搾《しぼ》り切った筋肉に再び力が巡りつつある。男子ってほんとどうなってんの……とその回復力が莉をまた唖然とさせる。

景星のセッターの声とともにコート上でトスがあがり、ボールを叩く音がする。スタンド上の部員たちの視線がそちらに向けられる。灰島一人がコート側に背を向け、座席の背もたれにほとんどもう身体を二つに折って引っかかってるだけみたいな恰好《かっこう》でゼリーを握りつつ、

「ミドルブロッカーの爾志《にし》。左利《レフティ》きです。レフティのミドルとはうちはまだやったことないんで最初やりにくいと思います。特にCクイックには注意してください。右利きよ

り肩幅ぶん速いやつが来ます」

今まさに目にもとまらぬ速さのCクイックを打ち込んだのがその選手だった。灰島の解説と頭に入れてあるデータを照らしあわせるように部員たちが景星の練習風景を注視する。続いてひときわ長身のスパイカーが躍動感のあるジャンプとともにボールを叩き込んだ。

「レフトエースの荒川《あらかわ》。一年で守備はまだ荒削りですけど攻撃力は抜群です。黒羽、もう一人の自分があっち側にいると思っとけ」

日本の名前だがどこかの国とのハーフなのだろう。浅黒い肌はつややかで、つい見惚《みと》れるほど腰の位置が高く手足が長い選手だ。

「山吹《やまぶき》以外にも浅野《あさの》、佐藤《さとう》——セッター経験者を三人もスタメンに入れてるところからも若槻《わかつき》監督が作ろうとしてるチームがわかります。景星は〝攻撃重視〟のチームです」

灰島は今コートを見ていない。背中を向けて座席の列と列の隙間の床に虚《うつ》ろな視線を落としているだけだ。眼鏡《めがね》もコンタクトも今はしていない灰島にとって、どちらにしてもコートを目で見ることに意味はないのだ——コート上の音を背中で聞いて、コート上でどうボールが動いて誰が打ったのかを把握している。試合の合間にいったん集中力を切らすどころか、三回戦から引き続き研ぎ澄まされた感覚神経が情報を収集し処理し続けている。

灰島だけではない。俯《うつむ》き加減にドリンクを口に含んだりバナナを咀嚼《そしやく》したりしながら灰島の声に耳を傾ける他の部員たちの表情も真剣そのものだ。

戦えると思っているんだ……！

それに気づいた瞬間、全身に鳥肌が立った。

ここまでだなんて考えていたのは自分だけだった。選手たちは誰一人諦めていなかった。だからもう一戦を全力で戦い抜くため、この短い時間を全力で回復に努めて過ごしているのだ。

「景星と清陰《うち》の性格は似てます。準々決勝も打ちあいになります。——〝星の激突〟。インハイの箕宿と景星の試合はそう呼ばれました」

下に向かって発された声が、ずしん、と鉄球が落ちるような重みをもって仮設スタンドの床を震わせた。綺麗《きれい》でロマンチックなイメージだけれど、本来の意味を思えば宇宙規模で破壊的な言葉——〝星の激突〟。

景星が声をだして練習しているからいいが、さっきまでのような静けさの中だったら灰島のよく通る性質の声はサブアリーナにいる者全員の耳に聞こえていただろう。そして清陰にすでに戦う力が残っていないと油断しているのかもしれない景星にも伝わっていただろう——二冠王者・福岡箕宿を下したところで満たされることなく、清陰がまだ勝ち続ける気でいることが。

四試合目に至って初めてセカンドユニを使う機会が来た。

1番の小田から一着ずつ、胸の番号が見えるようにたたんで座席に並べたユニフォームを前にしてひと呼吸すると、冴《さ》えわたった冬の日中の空気を吸い込んだように身が引き締まった。冬の晴れた昼空を思わせる、深みがありながらも明るいブルー。

「うん。いい色やね」

そうだ、写真を撮らないととあやののメールで思いだした。ファーストユニの黒もかっこいいけれどこの色もとても映える。みんなの写真をたくさん撮っておこう。

「こっちのほうが主人公の色やで勝てそうやなあ」

荊の横から大隈が無粋なことを言って自分の番号、10番のユニフォームに手を伸ばしてきた。悦に入っていたところに水を差されて荊は大隈を睨《にら》み、

「なに言ってんの。今までかって黒で勝ってきたが。変な縁起担がんときね」

各自持っていってもらうために並べたのだから文句はないが、もうすこし堪能《たんのう》していたかったのに……。ちなみに外尾は外尾で「黒で出んのひさしぶりやなあ」とちょっと嬉しそうにみんなと色違いのユニフォームを手に取った。

対する景星学園のユニフォームは黒に近いダークグレー。背中から腰のラインに沿っ

て入ったイエローの斜線が流星群が降るような柄を表している。——いわば清陰と対照をなす、冬の夜空の色。

　練習Tシャツでアップしていた景星の選手たちがユニフォームに着替え終え、ボール籠やクーラーボックスを運んで移動を開始したところだ。スタンドの上からそれを一瞥《いちべつ》して荊はふんと鼻を鳴らしてから、「え!?」と同じ方向を二度見した。

「やばっ、もう移動せなあかんの!? Bコートもうそんな進んでたんか!?」

　メインアリーナの試合の進行状況を逐一《ちくいち》チェックしておくのも荊の仕事だが、なにかとやることに追われているうちにしばらく忘れていた。

「わたし点数見てくるで、みんなそろそろ準備して!」

　部員たちに言い置いて身をひるがえす。仮設スタンドに造りつけられた鉄骨の階段を危うく躓《つまず》きかけつつカンカンと音を立ててスタンド裏へと駆けおりたところで、ちょうど階段の下を通った景星の選手にぶつかりそうになった。

「わ、すいません……」

　芯が通ったように綺麗に伸びた長細い背中が目の前にあった。その背に沿って視線をあげ、流星の柄にプリントされた〝1〟の番号が目に入った瞬間心の中で「げ」という声がでた。

　景星の主将、浅野直澄《なおずみ》が、顔を引きつらせて立ち竦《すく》む荊を見下ろして微笑《ほほえ》んだ。

「16－13だよ。まだ大丈夫」

「あ……ありがとうございま、す」

「終わる頃にうちから知らせに走らせようか？」

「えっ？　あ、えっと……」

正直に言えばそれはもう助かることこのうえない。猫の手も借りたいほどだし、選手のためにもメインアリーナへ移動する時間はすこしでも遅いほうがいい。が、敵の情けを受けるなど言語道断である。

厳《いか》めしい顔で断ろうとした荊の頭の上から「お願いできるんやったら助かります」と、反対のことを答える声があった。「棺野っ……？」荊のあとから階段をおりてきた棺野だった。

「了解。それくらいはたいしたことじゃないから。じゃあうちは先に上に行ってます」

荊の頭越しに気さくに請《う》けあった浅野に向かって、

「試合のほうはそういう手心は無しでお願いします」

と棺野が挑発するようなことを言ったので荊はぎょっとした。

歩きだすところだった浅野が振り返った。表情は柔らかいままだったが、声の温度が一℃ほど下がった気がした。

「箕宿に勝ったチームに手加減して勝てると思うほど、うちは驕《おご》ってないよ」

浅野の淡泊な視線に対して棺野のほうが闘志を燃やして睨み返す。「ちょっと、棺野」荊は棺野のジャージを引っ張って囁《ささや》いた。先へ行ったチームメイトに続いて浅野もガラス扉の出入り口からでていった。

「なにいきなり挑発してんのあんた？」

なにやら呪わしげな陰のオーラを立ちのぼらせてまだそちらを睨んでいた棺野が目を戻し、「東京のしゅっとしたイケメンが末森さんに話しかけてたで……」と唇を突きだした。

「ほ、ほーかあ？　そんなイケメンー？」

思わず荊は尻上がりの声をあげ、まだ景星の連中に聞こえているかもしれないのですぐに声を抑えた。「べっつに、わたしは好かんし、ゴッツ石島《いしじま》のほうが男前やろ」

「それより灰島と黒羽がさっきから見あたらんのやけど、末森さんになんか言ってってえんですか」

「灰島と黒羽？　なんも聞いてえんけど、トイレでも行ってるんかな」

景星が知らせてくれるまで余裕はできたにしろ、そろそろ移動の準備はしておかねばならない。

「急いで捜してくるわ。もし先にあの子ら戻ってきたらメールして」

「すいません……。結局末森さんいてくれんとまわってえんかったです。ひっで助かってます」

「ほんなんあとでいいで。あんたは着替えて、他のみんなにも準備させといての」

棺野を手振りで追い払って莉は景星が消えた出入り口へ小走りで向かう。「お願いします。すいません」ともう一度謝って棺野は言われたとおりにスタンドへ戻る。互いに背を向けてから、ぼそっとした呟《つぶや》きが聞こえた。

「ゴッツ石島かー……あっちの方向におれ行けんのかな……」

2. DISTRUST

試合前にトイレに行きがてら黒羽がバックヤードをうろついていたら「……の溝端《みぞはた》メロくん」という声が耳に入った。

サブアリーナとメインアリーナを繋《つな》ぐ廊下で背広姿の男と主催テレビ局のジャンパーを着た男が立ち話をしていた。比較的恰幅《かっぷく》のいいその二人のあいだに貧相な体軀《たいく》のグレイ型宇宙人、もとい老顧問が捕獲されて、もとい挟まれて一緒に話していたので黒羽は反射的に近くの階段の裏に身を隠した。いや隠れる必要はなにもなかったのだが。

溝端メロ、って大会公式応援団のアイドルグループのメンバーだ。うちの老顧問を交えた会話でキラキラのアイドルの名前がでてくるということに巨大な違和感を覚えていると、そこへ新たな人物が通りかかった。

「一乗谷《いちじょうだに》先生、準々決勝よろしくお願いします」

と向こうから頭を下げて挨拶《あいさつ》したのは景星の監督だった。む……と黒羽はつい身構えて見映えがするその長身を物陰から睨みやった。

「こちらこそ。お手柔らかに頼んます」

準々決勝の対戦校の監督どうしの遭遇だ。一乗谷と一緒にいた二人の男が好奇の目で両校の監督を見比べる。

短い挨拶を交わしただけで別れ際、

「灰島くんの件ではありがとうございました。今のところ取りつく島もありませんが」

と、大会関係者が聞いている前で若槻がわざとのように言っていった。

若槻が立ち去るとまもなく二人の男も「ではよろしくお願いします」と一乗谷に一礼し、メインアリーナへ戻る方向へと歩きだした。

「聞いたか？　景星のヘッドハンターが灰島獲得に動いてるぞ」

「まあ清陰なんかにいるのはもったいない選手だしなあ」

階段をのぼっていく二人の会話をその真下で聞きながら、足音が消えるまで黒羽は頭上を睨みやっていた。なんかって、なんかって……。

人気《ひとけ》がなくなったところで物陰から身を晒《さら》して「先生」と、男たちと逆にサブアリーナのほうへと立ち去ろうとしていた顧問を呼びとめた。

「おお、黒羽。えらいことやぞ」

なにやら顧問が珍しく狼狽《うろた》えた様子で話しかけてきた。

「ベスト4残ったら明日からの空き日に溝端メロにチームを取材させて欲しいっちゅう話や」

「はあ。まあすごいですけど、なんで先生がそんな食いついてるんすか。ってかよう溝端メロとか知ってますね」

テレビカメラと今をときめく美少年に取材されるなど普通に聞いたとしたら黒羽だって狼狽えそうだが、何故《なぜ》か顧問が断然目を輝かせているのでどうも引いてしまう。

「孫娘がえらいファンらしうてのぉ。サインもらえるんかのぉ」

「はあ……ってかお孫さんいたんすか」

「公式応援団っちゅうんも孫に聞いたんやけどの。メロくんと同じ空気吸えるなんてじいちゃんすごいっちゅうて尊敬されてのー。こりゃ景星に勝たなあかんくなったの」

「はあ。よかったっすね。ってかそれ尊敬なんですかね」

こんなテンションの顧問などついぞ見たことがないのでリアクションに困る。これはこれでめちゃくちゃ気味が悪い。

「……先生は、どこまで本気でおれらを勝たしたいと思ってるんですか。本心ではなに考えてるんですか」

凄《すご》もうと意図したわけではない。だが声が低くなった。干からびた顔をいつになくふやけさせて喋りたてていた顧問が目をしばしばさせた。

「おれが変なこと言ったでですか？　灰島が鮫《さめ》みたいなもんやって。ほやで……」一度言葉を切り、人目がないことを念のためまた確かめる。

灰島が清陰で安寧《あんねい》を得たことには黒羽も心から安堵している。なのに、東京入りした夜からなにか漠然とした胸騒ぎも続いている。満足して泳ぐのをやめたら、そこで死んでしまうんじゃないか……。

「ほやで……転校の話なんかで灰島の尻に火ぃつけたっちゅうわけですか？」

誰にも言うなと昨日の夕方灰島に釘《くぎ》を刺されて以降初めてあの話を口にした。そもそも仲介したのは顧問なのだから誰かにバラしたわけではない。

「ほんな深読みするような話とちゃうんやけどな。灰島が景星を選ぶんやったら、ほれもありやとわしは思てるでの」

「ありなわけないやないですかっ！」

つい荒らげた自分の声が一陣の嵐が吹き荒れたように廊下を突き抜けた。顧問の痩躯《そうく》がのけぞって細い頭髪が浮いた。はっとして黒羽は周囲を見まわす。第五試合を終えた他チームの選手が廊下の先を走っていく姿があったが、すぐに遠ざかっていった。

「おとろしい声だすのぉ」

「すいません……。ほやけどたまには真面目に話してもらえませんか」

「不真面目に見えるんか？」

心外そうにおどけてみせつつも、いつも煙《けむ》に巻くような顧問の口調がわずかにあらたまった。

「選ぶんは灰島や。ほやけど今んとこ選択肢にもならんとこでとまってるんは、それこそおまえが引っかかってることやないんかの」

返す言葉を失って黒羽は顧問の薄ら禿《は》げ頭を上から見下ろす。とまってる、というフレーズがまさに内耳《ないじ》で言葉の流れが堰《せ》きとめられたように引っかかった。

「若槻先生は悪い先生やないぞ。生徒らに高校で一番いい思いをさせてやりたいっちゅうてる先生や。わしのほうは高校で必ずしも勝てんでもいいと思てるで」

「勝てんでいいっちゅうんが……先生の本心ですか……」

「高校でやり切らんでも、先はまだいくらでもあると思てるでの。今のおまえらの味方とは限らんっちゅうことや。まあほんなわしの言うことやで、こんな話も信用せんほうがいいかもしれんぞ。これもまた、選ぶんはおまえや」

本当にこの人を信用していいのか、と思った矢先にその本人が不信感を自ら肯定するので相変わらず狐《きつね》に化かされているようで目眩《めまい》がしてきた。

──選ぶのはおまえだ。

顧問を信用するのもしないのも。今のところ当事者の灰島と仲介した顧問を除けば自分だけが知っているこの件を、どう扱うのかも。一考にも値《あたい》しない話としてこのまま握り潰すのか？　小田やチームメイトに打ちあけるのか──？

「……ただの、やりなおしがきかんもんなんて人生にそうそうあるもんやない。前も言ったかの。ほやでほんな恐れるようなもんはないんやざ」

見慣れたミズノのバレーボールシューズが廊下を歩いてきた。今はまだ紐《ひも》をゆるめている、つま先にオレンジ色のラバーが貼られたそのシューズがふと立ちどまり、すこし迷うように方向を変える。

「ここや。ここ」

と先ほどの階段の裏から黒羽は膝立ちで首を突きだした。メールに書いた場所を探していたのだろう、携帯の画面の光を眼鏡に映していた灰島が顔をあげた。下はゲームパンツのままで上だけジャージをはおった恰好だ。

「なにこんなとこに隠れてんだよ」

「まあまあ。ちょおこっち、こっち」

黒羽が手招きすると「なんなんだよ」と訝《いぶか》しみつつも素直に頭を低くして黒羽がいるところに潜り込んでくる。携帯を持った手と別の手には未使用の使い捨てコンタクトレンズのパッケージを両眼のぶんとテーピングを一本摑んでいた。両手のものをジャージのポケットにしまい、黒羽に促されて灰島も床にあぐらをかいた。

階段の裏のスペースにはパイプ椅子やら三角コーンやらが積まれて物置にされている。座ってしまえば廊下を通る人々の目からは死角になる場所だ。

「第五試合どうなってるか見にいってから便所いこうと思ってたのに」

「うろちょろせんと休んどけや」

「第五試合勝ったほうが準決勝の相手になるんじゃねえか。芦田《あしだ》学園はインハイでもベスト4だ。普通に優勢だと思ってたけど苦戦してるみたいだな。ここまできたらどこもたまたま勝ってきたわけじゃねえからな……ベスト4、どこが入るかわかんなくなってきたな」

どうしたって体力的に万全とはいえない状態でこのあと準々決勝に臨《のぞ》まねばならないという不利を最初からしょっているのに、準々決勝に勝つ前提でもう準決勝のことを考えているのが灰島純度百パーセントって感じだ。相変わらずとはいえど、春高《はるこう》に乗り込んできてからの灰島は水を得た魚のようだ。

九〇度の角度で向かいあってあぐらをかいた灰島の左膝と黒羽の右膝があたる距離

——ちなみに灰島は試合では両膝と左肘にサポーターをするのが常だが、黒羽はサポーターは使わない派だ。

こんな距離も今ではごく自然になったが、それにしてもさっきの試合、勝ってこいつから抱きついてきたのなんて初めてだったから、驚いたよな……。

「春高終わって、小田先輩と青木先輩引退したら、来年のうちってどんなチームになるんやろなあ。とりあえず一年入ってきてくれんと試合もでれんしなあ。県優勝したんやで中学の経験者ももっと入ってくるといいんやけどなあ。ほやけど福蜂と違ってうちは遠い奴には交通不便やしなー」

呑気な口ぶりで話題を振ると灰島がきょとんとして言ってきた。

「なんで終わってからの話なんかしてんだよ。四月なんてまだ先だろ」

「おまえにそれを言われる筋合いだけはねえぞ……？」

「福蜂とうちとで経験者分けることになるだろうな。春大《はるたい》から使える新一年がいるかわかんないけど、インハイ予選にはおれが間にあわせる」

「おまえがいればインハイ行けるっちゅうことけ？」さりげなく質問を滑り込ませる。

「おれがいなきゃ福蜂に勝てない。なんだかんだで福蜂は求心力もチーム作りの力もあるからな」

別に疑問もなさそうに灰島がさらっと答えた。

「それはちょっと傲慢《ごうまん》でねえんか?」

灰島が口をつぐみ、眼鏡の奥で大きく二つばかりまばたきをした。きつい口調で言ったわけではないし、そうだとしても灰島はそんなことで黒羽にビビるタマではない。単に黒羽が急になにを言いだしたのかわかっていない顔だ。眉根を寄せつつも、

「でも実際そうだろ」

と重ねて断言した。

「このまんまやと一発屋なんて言われかねんで、おまえに頼らんでも勝てるチームにならんとっちゅうんは棺野先輩も考えてると思うぞ」

「……? 頼ればいいだろ。一発屋なんて来年も絶対言わせねえし」

「ほんなんやったらおまえが景星のスカウトの話と向きあえんやろ」

黒羽が言った瞬間、軽く触れていた膝が一度がんっとぶつかって勢いよく離れた。

「なに言ってんのかと思ったら、なんで今そんな話してんだよ!?」

灰島が膝立ちになって怒鳴った。階段下の傾《かし》いだ天井と床の狭い隙間でがらんがらんと怒声が乱反射した。予想以上に激しい拒絶反応に黒羽は面食らってちょっとしどろもどろになり、

「いやほやで、あの話とまだちゃんと向きあって考えてえんやろ?」

「なんで向きあわなきゃいけねえんだよ! 意味わかんねえこと言うな! そんな話の

ために呼びだしたのかよ？　バカじゃねえのか!?」

「バカとはなんじゃっ。おれはおまえがちゃんと自分のために考えて答えだせっちゅうアドバイスをやな……」

「はあ？　自分のためだけにバレーすんなって怒ったのおまえじゃねえか!!」

「おまえ声でけえんやって。口どめしたんおまえやろが」

「おれを清陰から追いだす気かよ!?」

間髪《かんはつ》をいれず怒声が跳ね返ってきた。黒羽の声まで灰島に届く前に跳ね返されたようなタイミングだった。

「ほんなことあるわけねえやろっ。脊髄反射で怒鳴り返さんと聞けってっ……」

落ち着かせようとして膝に触れたが、途端灰島がはじかれたように膝を引いた。手を跳ねあげられて黒羽は目を丸くした。

「灰……」

近づこうとすると灰島がびくっとして身を硬くした。じり、と膝立ちのまま距離を取られた。苛烈《かれつ》な怒りが燃える瞳の中で、もう一つ別の感情——不信感が揺れた。

「灰島……」困り果てて溜《た》め息をつく。「会話になってえん、今。おれの声、頭ん中までちゃんと入れてくれ。おれがおまえを裏切るわけねえやろ」

サブアリーナのほうからどやどやした足音が近づいてきたので二人ともとっさにそち

らに目をやった。

「景星から伝令来てもたでしゃあない。あとは末森に任せよう」

「プロトコルまで十分くらいあるはずやで、それまでに見つかれば大丈夫や」

焦りが窺えるやりとりとともに足音が二人が隠れている階段に差しかかった。二人とも頭上を仰いで天井を一方向へと移動していく足音を目で追った。

メインアリーナへ移動する時間のようだ。二人ともまだユニフォームにも着替えていない。灰島はテーピングを巻きなおしてコンタクトも入れてこなければならないし。すぐに準備して追いかけないと、もし公式練習前に選手が揃《そろ》っていなかったら最悪不戦敗になりかねない。

「またあとで話そっせ」

「いやだ」

「おまえなあ……」駄々っ子じみた拒絶に黒羽はあきれる。

「景星を優勝させなければあの話はどっちにしても無しだ。勝てばいいんだろ。勝ったらその話二度と口にだすなよ」

殺気すら帯びた闘志を全身から放って灰島が階段の下をでた。

「ぜってーーーー行かねえ!!」

立ちあがって割れた声で喚《わめ》き、あまりの聞く耳の持たなさに呆気《あっけ》にとられている黒羽を置いてのしのしと歩いていった。

「このっ……どこまでわからず屋なんや!!」

肩を怒《いか》らせて遠ざかっていく背中に向かって黒羽も怒鳴り、行き場のない苛立《いらだ》ちにまかせて床を叩いた。

おまえが福井で安心してバレーができるようになることを、おれがどれほど願っていたか——……追いだしたいわけがないだろう!!

転校なんてもちろん今でも反対だ。よそのチームに渡す気なんてない。ただ、単に清陰の中にいることがあいつの目的になりかけてるんじゃないのか? 行かないんじゃない。行けないで思考停止して、ここで満足しようとしてるんじゃないのか……?

「あーっもお、なんやこのジレンマはー……」

……あんな顔をさせたかったわけじゃないのに。東京に来てからずっと機嫌がよくて、魂から春高を楽しんでいた灰島に、突然突き落とされたような顔をさせた……。

「階段の下ぁー?　なんでそんなとこでかくれんぼして……」

と、廊下の先で愚痴っぽい女子の声が聞こえた。どうやら灰島が末森に見つかったようだ。せかせかした足音が近づいてきたかと思うと「あ!　ほんとにいた!」と、末森が屈《かが》んで階段の下を覗《のぞ》き込んだ。

「もうみんな上あがってるんやよ。はよはよ」

階段下から引っ張りだされて上体を起こした黒羽の顔を末森が見あげ、

「あんたら喧嘩《けんか》でもしたんか……？」

と気遣わしげに訊いた。時間ぎりぎりまで二人で姿を消していたと思ったら灰島一人が憤然として戻ってきたとなればなにかしら問題があったことは察して当然だ。問い詰めたいのは山々だろうが試合前の選手にがみがみ言うのは我慢してくれているのが重々わかる。

廊下の先に視線を投げて黒羽はぼそりと言った。

「あいつが言うことっていつもシンプルですよね」

「灰島？」末森がきょとんとし、「まあほやの。複雑なことは言わん子やね。そのぶん言葉は足りんけど。ほら、はよ戻って着替えね」と黒羽の後ろにまわって背中を押す。

「勝てばいいんすよね、たしかに」

前方にある男子トイレからちょうどそのとき灰島がでてきた。眼鏡がなくなって小作りの顔がつるんとしていたが、かわりにコンタクトを入れてきたのだろう、遠目に黒羽の顔を認識した証拠に細い目をさらに険しく細め、露骨にぷいっとそっぽを向いてサブアリーナへ姿を消した。

「景星に勝って、あいつがいる価値があるチームやってことを証明すれば……」いや、そういうエースがいるチームであることを証明すれば。なんか、なんて言わせないチームに、清陰がなれば。「おれはこんなジレンマで悩まんっちゅうことですよね……」

3. OPEN FIRE!!

景星の部員が二人、二階スタンドの最前列まで階段状の通路を駆けおりていき、抱えて持ってきた黒い布を広げた。白い文字で染め抜かれた景星のスローガンが、後ろについて歩く形になった弓掛《ゆみかけ》の目に反転して見えた。二人の部員がそれを手すりの向こうに垂らして手早く紐をくくりつける。

スタンドでは会場整理員の誘導でBコート第五試合と第六試合の応援団の入れ替えが行われていた。

景星側は開催地の利を得た圧巻の全校応援だ。ブラウンの洒落《しやれ》たブレザーの制服姿の生徒たち、金や銀にかがやく楽器をめいめい大事に抱えた吹奏楽部員、ポニーテールを凛《りん》と揺らしたチアリーディング部員、そして私服の上に揃いの応援Tシャツを着込んだ保護者たちにより、応援団優先席が続々と埋まっていく。

弓掛はジャージのポケットに両手をしまい、応援団のただ中を突っ切って座席のあいだの通路をおりていった。両側に着席した景星生から「どこのジャージだ?」と訝る視線が向けられる。ジャージの背に威風堂々と背負った『福岡箕宿』の文字を読み取って

「うわ。箕宿じゃん」「なんで？」という囁きが聞こえる。

コートを目の前に見下ろせる最前列の手すり際に立ったとき、

「ライバル校のど真ん中突っ切って図々しくど真ん前まで来てんじゃねえよ」

と横合いから苦々しい声がかけられた。

最前列の席に詰めて並んだバレー部員の端に佐々尾《ささお》が座っていた。

景星は運動部の活動に力を入れて奨学生も多く取っているが、バレー部員は全部で三十人ほどと極端に多いこともない。ベンチメンバーを除いた部員は約十五名だが、現役部員とまだ関わりが深い代のOBも応援の助力に駆けつけていた。

佐々尾の向こう隣で別の景星OBが「お。弓掛……」と一瞬ぎょっとし、「おつかれ。残念だったな……」とねぎらってきた。佐々尾の一つ下なので、箕宿に入ってからの弓掛にとっては練習試合でも大会でも佐々尾よりつきあいが長かった学年だ。佐々尾のほうは慧明《けいめい》大学のジャージの股間にメガホンを置いてどっかりと脚を開き、そっちから話しかけてきたくせにつんとして目を逸《そ》らしている。

「今日帰んのかよ」

「さあ。まだ聞いてないっす。去年と同じ宿のおばちゃん、最終日まで飯作る気でいたやろうし」

「なにおまえ、その声……」

佐々尾が初めてこちらを振り仰いだ。途端、弓掛の顔を二度見して絶句した。

弓掛は咳払《せきばら》いして潰れた声を繕った。泣き腫らしたことがまだわかる目を佐々尾から背けてコートに向ける。今はもう目は乾いているが、涙で荒れた顔の皮膚は突っ張っている。

手慰みみたいに佐々尾がメガホンを膝に叩きつけ、ぱこぱこ音を立てながら「どうしろってんだよ。来んなよ。フォローできねえよ……」などとぶつくさ言いだした。先輩として景星の後輩にだったらフォローの言葉もかけられるようになったくせにおれのフォローはそんなに嫌かと弓掛はカチンと来て、

「ヘタクソなフォロー無理矢理ひりださんでいいよ。あんたになにも期待しとらん」

舌打ちしたところで、

「うちに来いよ」

ふいに言われたまっすぐな言葉に耳を疑った。

「慧明来いよ。篤志《あつし》」

初めて言われた——来いよ、という言葉。

心臓がぎゅっとなる。五年前も、三年前も言わなかったのに、今かよ……。

「……って、言われんでも行くよ。慧明に決まっとうの聞いとらんと？」

が、こみあげてきたものが顔にでる前に喉もとで飲み下し、しらっとして答えた。

「あれ、広基《ひろき》さんまだ知らなかったんですか？　弓掛、特待で慧明に決まってるらしいですよ」

景星の三年の部員が奥の席から言ってきた。

「まじで!?　聞いてねえ」佐々尾が素《す》っ頓狂《とんきょう》な声をあげ、「てか特待!?　おれより待遇いいじゃんか！　むかつく！　生意気！　入部したら泣くまでしごいてやるから覚悟しとけよ！」

「入部前から新人潰しとか！　最悪やなおまえ！　ドン引きするわ！」

おとなげない言いがかりをつけてくるので弓掛もがらがら声で嚙《か》みつき返し、あっという間に双方喧嘩腰になったが、

「そっか……。主将で二冠獲《と》ってんだもんな。そりゃ特待にもなるか……」

と佐々尾が自己解決して臨戦態勢を解いたので、弓掛は乗りだした体重のやり場を失ってずっこけた。

慧明大の歴史は古いがバレー部は特に強豪ではなかった。それが近年チーム改革に乗りだしてから底力をつけ、関東大学リーグで頭角を現している。だが日本一はまだない。

「あんたがおるけん決めたんやないけんな。特待の話くれたの慧明だけやったし、慧明がやってるバレーをやりたいけん」

慧明の特待生は学費全額免除という願ってもない厚待遇だ。これなら奨学金を寮費や

遠征費にあてれば親に負担をかけずに四年間バレーに没頭できる——もらえる奨学金の算段まで細かく計算し、腹を決めた。

「首洗って楽しみにしときーよ。今度こそおれが優勝旗持たしてやるけん」

「バーカ。でかい口叩くなって何百回言わせんだよ。ちょっとフォローしてやったら調子こきやがって」

「いつフォローしたん！」

「大学のレベル舐《な》めんなよ」

「そりゃっ……」

一蹴する言い方をされて返す言葉を失い、口ごもって下唇を嚙む。

上のカテゴリに進むごとに身長の不利はきっと今以上に容赦なくのしかかってくる。自分の身長で、これから先どこまで戦えるのか……。

「そういう意味じゃない。おまえはすげぇよ。大学でも通用する。でもな、箕宿のときとは違う。おまえを引っ張ってく〝上〟がたくさんいる。上がおまえの力になる——楽しみにして来いよ」

と、佐々尾から言われた。

佐々尾自身も三年で春高に忘れ物をしたまま卒業したのだ。

自分よりいつも二年先にいて、ひと足先に新しい世界に飛び込んで、予想していたよりもいつもひと足先に、すこし成長していく。

「なんだかんだで初めてだな。おまえの顔もプレーも十年前から知ってんのに」

佐々尾が通路側の手をあげ、手のひらをこっちに向けた。片目をよこして顎をしゃくると少々いびつな顎に一センチ半ほどの傷跡が見えた。

「……あんたがことごとく逃げるけんやろ」

高校までは二年の差を永遠に詰められない大きな距離に感じていた。

大学は四年間ある。二歳差があっても二年間を共有できるのだ。

弓掛もジャージのポケットから片手をだし、佐々尾の手に強くはたきつけた——自分よりいつも二年未来を行く手と、十年越しでやっと、チームメイトとして最初のタッチを交わした。

頭の上でトランペットの高らかな音が響き渡った。

眼下に目を戻すと白地に黒とイエローのラインが配されたリベロユニを着た一年生、佐藤豊多可《ゆたか》がボール籠を転がして一番槍《いちばんやり》でコートに走りでてきた。ダークグレーにイエローのラインが配されたユニフォームの一群が気勢をあげて佐藤に続く。

景星学園、入場だ。

応援の部員やOBがメガホンを手にして立ちあがり、手すり際に乗りだした。

しばらく廊下で一緒にいたあとサブアリーナに戻っていった浅野も今はユニフォーム

姿で自らのチームとともにあった。軽やかに走りでてきた一、二年生のしんがりを重々しく務めて若槻とともに歩いてくる。

一般生徒の制服とは違うカーマインレッドのブレザーで揃えた百人編成のブラスバンドによる『宇宙戦艦ヤマト』の演奏がはじまった。トランペット隊が胸ポケットのエンブレムを誇らしげに見せるように胸を張り、勇気を奮い立たせるようなイントロの旋律を吹き鳴らす。他のパートが相次いで音を重ねると、圧倒的な音量が両隣のコートの応援の声まで押しのけ、会場中に支配を広げる。メインアリーナを覆うドーム形の天井に漆黒の宇宙が描きだされ、星々がまたたく大海へと巨大戦艦が漕《こ》ぎだす。

景星の入場に遅れること数分、相手校である清陰の選手たちがぱらぱらと走って現れた。

「せーーーいん！　せーーーいん！　東京モンに負けるんでねぇぞー！」

コートフロアを挟んで向こう側が清陰の応援団優先席だ。景星側のそれと対照をなして二、三列で事足りてしまう保護者中心の応援団がペットボトルでこしらえた鳴り物を鳴らして懸命に対抗する。

一番最後に清陰のエースコンビである7番、8番がまだユニフォームの裾がきちんと入っていないような恰好のままマネージャーに追い立てられてきた。

『星の激突』と比喩され、インターハイと国体を沸《わ》かせた景星対箕宿の三度目の対戦は実現しなかった。

星の片方が堕《お》ちた。

かわって突如勃興した、未知数の矮星《わいせい》を、景星が支配する宇宙が待ち構える。

＊

「直澄さん。伝令行ってきます」

「ん。よろしく」

第五試合の終了直後、清陰への伝令を指示しておいた一年生が浅野にひと声かけてサブアリーナへ走っていった。

メインアリーナの壁際で待機していた選手陣はボール籠を先頭に押しだして防球フェンス際まで前進する。審判に押しとどめられ、第五試合のチームが挨拶を終えて引きあげるまでしばし待たされたあと、

「第六試合のチーム、入っていいよ！」

ＧＯサインがでるなり豊多可がボール籠を勢いよく前に転がした。それを追いかけて先を争うように一、二年生が防球フェンスを越えてコートへ飛びだしていく。

一、二年生の最後から防球フェンスを抜けたとき、ふと視界に入ったものがあり、浅野は顔をあげた。

三階通路の壁を一部くりぬいたように爽《さわ》やかなブルー一色の空が見えている場所があった。いや、仮に空が見えたとしてもこの季節はもう陽《ひ》が暮れている時間だ。

通路の手すりにまだ結ばれたままになっている、箕宿の青い横断幕だった。

「箕宿、最終日までこっちに残るらしいぜ。香山《かやま》さんから今聞いた」

背中にかけられた声に振り向くと、紺ブレに監督バッジをつけた若槻の姿があった。

「そうなんですか」と浅野は相づちを打つ。

「明日は東京観光だと。最後に羽を伸ばさせてやろうってことだろうな」

遠方から来ている学校の中には大会後に観光をして帰るところもある。だが箕宿は必ず最終日まで勝ち残るため、日曜の夕方に行われる閉会式後は乗ってきたバスで一路福岡へ帰還して月曜から授業に出席するというのが毎年のスケジュールだった。全国レベルで名を馳《は》せる運動部を複数抱える箕宿高校は文武両道の進学校でもある。

今日敗退したからには明日・明後日の平日は本来は公休にならない。監督や香山コーチの温情ある計らいだろうと想像できた。最後の年は悔しい結果になったが、箕宿高校の古豪復活を成し遂げ、三年間全国レベルの第一線でチームを引っ張ってきたのは間違いなく弓掛たちだった。

「弓掛は慧明だってな。広基んとこか」

「はい。強くなるでしょうね、慧明は」

佐々尾にしてみれば昔なじみの弓掛と今さらチームメイトになるというやりづらさも多少はあるだろう。けれど高校ナンバーワン・プレーヤーの加入は他のどんな新人が入るよりも心強い即戦力になるはずだ。それに、なんだかんだで弓掛のことがかわいくないわけがないから、嬉しいだろう。

次の春からは弓掛が佐々尾と同じものを目指すんだな、と思う。

「まあ篤志に先越される前に、今年必ず景星を日本一にします。ずっと篤志の後ろを追いかけてきたけど、この大会ではまだ、これだけはおれのほうに優先権があるから」

佐々尾から引き継いだものを背負って戦う最後の大会だ。

この大会までは、まだ自分が佐々尾の後輩として、二年前に渡されたバトンを必ず頂《いただき》に持っていく。

選手がコートに姿を見せると応援曲の定番の一つである『宇宙戦艦ヤマト』のイントロが響いた。

最大規模で確保された応援団優先席にはブラウンのブレザー姿の一般生徒と、カーマインレッドのブレザー姿の吹奏楽部員が茶と赤のタイルを敷き詰めたように着席している。チアガールが座席の各ブロックの隙間を埋めて立ち、イントロのあいだポンポンを腰にあて、きりりと肘を張った姿勢で待機している。吹奏楽隊の最後方に咲いた三つの巨大な金色の花は最低音パートを担う大型のラッパ、スーザフォン隊だ。

そして否応《いやおう》なく目に飛び込んでくるのは、二階スタンドの最前列から垂らされた横断幕に極太の書体で染め抜かれたスローガン、

『覇道を行け、景星!!』

自校が掲げる大上段なスローガンに、コートフロアから見あげるこっちがいつも一瞬鼻白《はなじろ》み、苦笑いがこぼれてしまう。

その横断幕のすぐ上の列に部員やOBたちが顔を並べていた。ブルーのプラスチック製のメガホンが人の顔と同じ数だけずらりと並んでいる。

慧明大学のジャージを着た佐々尾の隣、座席からはみだしたところに、一人だけメガホンを持たずに立っている青と白のジャージが見えた。

篤志……。

〝景星に優勝旗を持って帰りよ、直澄。佐々尾が見れんかった頂点を、おまえが必ず見てから卒業しろ〟

未熟な高校生たちがまだ振り幅の大きい力をぶつけあう夢舞台だ。優勝候補の箕宿がまさかの三回戦負けを喫したことで証明されたとおり、どんな番狂わせも起こりうる。どこが絶対に勝つなどと誰にも言い切れないし、どこも絶対に勝つ気持ちで臨んでくる。

景星が絶対に勝たねばならない試合だ。

「さて、今日のトリだ。派手に頼むぜ」

若槻に肩を叩かれ、浅野は視線をフロアに戻して頷《うなず》いた。

「了解です」

コートになだれ込むなり無駄なくらいでかい掛け声を交わしてアップをはじめている一、二年生のしんがりから、牧羊犬みたいだなとちょっと思いながら三年の主将と若い監督が続いた。

一、二年生中心に構成される景星のスターティング・メンバーは、二年生がセッターの山吹（180）、左利きが武器のミドルブロッカー爾志（188）、ウイングスパイカーの檜山《ひやま》（186）。一年生はミドルブロッカーの一瀬《いちせ》（190）、リベロの佐藤豊多可（182）、アメリカ人と日本人のハーフで、チーム最高身長のウイングスパイカー荒川亜嵐《あらん》（195）。景星では外国にルーツを持つ生徒や外国人留学生がどのクラスや部活にも一人以上はいるのが当たり前になっているので亜嵐も部内でなんら特別視されていない。

そして唯一の三年がセッター対角の浅野（191）。マネージャーの菊川《きくかわ》を除けば三年でベンチに入っているのは浅野一人だ。他の同期はスタンドで応援の先導をする役に徹している。

対する清陰高校は三年生がウイングスパイカーで主将の小田（163）、ミドルブロッカーの青木（193）。二年生がセッター対角の棺野（181）、青木の対角のミドルブロッカー大隈（187）、リベロの外尾（170）。一年生が小田の対角でエーススパイカーとなる黒羽（186）、そして最注目のセッター灰島（183）。

リベロを除いた六人で計算される景星のスタメン平均身長一八八センチに対し、清陰も小田以外の五人の平均をだせば一八六センチと遜色《そんしょく》ない高さを持っている。

大会中唯一のダブルヘッダーとなる三日目。一試合目を勝ちあがったチームにとっては長い一日となっている。時刻は十七時半をまわり、Bコート以外の各コートは佳境を迎えて懸命の応援合戦が飛び交っている。

直前のBコート第五試合では芦田学園が苦戦しつつも勝利しベスト4に進出した。男子ベスト4の最後の一枠が決するのがこの第六試合だ。

開幕日から多面コートでこなしてきた男女計九十六試合の、最後の試合となった。三日後から再開するセンターコートへ駒を進めるのはどちらか一校のみ。

男子準々決勝、東京・景星学園対福井・清陰高校。

ピィィ！

ホイッスルとともに景星サーブで試合がはじまった。

一本目は清陰のリベロの前を狙ってサーブを入れる。外尾が真ん中に突っ込んでレセプション（サーブレシーブ）し、軌道の低いボールがネット前に返った。外尾が助走路を塞ぐ形になったため小田がパイプ攻撃（ミドルブロッカーの真後ろから時間差で入るバックアタック）に入れなくなり、清陰の得意な攻撃を一つ潰す。

景星のブロック戦術は箕宿と同じくバンチリードが基本だ。むやみにスパイカーの動きにつられずトスを見て反応する。

とんっという軽やかな片足ジャンプで灰島がボールの下に入った。と、

「ツー！」

後衛から山吹が叫んだ瞬間灰島が神速のツーアタックを叩き込んだ。前衛は完全に不意を突かれてノーブロックでやられたが、豊多可が山吹の声で反応した。ぎりぎりで手の甲を突っ込んで拾ったボールが床とほぼ並行に跳ねとび、山吹が追う。ベンチに接近したためとっさに足をだし、シューズのつま先にあてたが、大きく蹴りとばしてしまいアウトとなった。

素人目《しろうとめ》にはなにが起こったかよくわからないまま清陰に一点目が入り、得点板に表示がでてから清陰側スタンドが尻あがりにわいた。

ベンチの前で菊川に助け起こされた山吹が「ヤロー……」と悔しそうにコートに戻っ

てくる。「やりやがったな」豊多可も歯軋《はぎし》りして立ちあがった。灰島は灰島で反応されたことが意外だったようで、点を決めたにもかかわらずネットの向こうで顔をしかめた。

「8番サーブだ。切るぞ！」

浅野が手を叩いて仕切りなおす。焦るような段階ではない。

一発目からの強気のツーに早々に騒然とさせられたが、山吹と豊多可、勝ち気コンビの対抗心に火がつけばスロースタートと言われる景星のエンジンがかかるのも早い。

清陰の最初のサーバーは灰島。松風《しょうふう》や鹿角山《かづのやま》がだいぶ手こずった、左腕《さわん》から放たれる強烈なスパイクサーブだが、

「オッケー！」

と豊多可が味方の守備範囲を押しのける勢いでレセプションに入った。左打ち独特のねじれスピンをともなって襲ってきたサーブを豊多可がぱんっとカットし、山吹に高く返る。亜嵐がレフトに入ってくるが、山吹がバックセットで爾志にあげた。

目にもとまらぬ速さで打たれたCクイックがブロッカーの間隙《かんげき》を貫く。小田がディグ（スパイクレシーブ）をあげたがそのまま景星側まで返ってくる軌道になった。浅野がネット上で叩きにいく。黒羽が目の前で阻もうとしてくるが、ネット際の捌《さば》き方において一年生に場数で負ける気はない。

黒羽の頭の上からダイレクトで叩き込んだ。黒羽が「うわっ」としゃがみ込んだ。

景星1－1清陰。今度は景星側スタンドがわく。

「いいぞ、いいぞ、浅野！　いいぞ、いいぞ、浅野！　いいぞー浅野ーーー！」

スタンドの部員とチアが応援団を煽《あお》り、ブラスバンドの演奏が盛りあげた。

菊川が若槻に小走りで駆け寄るのが目に入った。まだ序盤も序盤だが顔を寄せてなにか話しだした二人の様子から思い至ったことがあり、

「誠次郎《せいじろう》？」

と浅野は山吹に声をかけた。さっきのトスのとき微妙に足運びにためらいがあったような気がしたのだ。見つかった、みたいな顔を山吹がちらりと見せた。

「ベンチにちょっとぶつけただけなんで大丈夫だと。様子見させてください」

灰島のツーに足をだしたときか。山吹が右足の甲を軽く上下させてみせる。

「オーケー。おかしかったら無理するな」

「しませんよ」

クールめかして答える山吹の肩を叩き、若槻のほうを見る。了解しているというふうに若槻が視線を返してきた。

景星がサーブ権を取り返してサーバーは爾志。次に清陰にサーブ権が移るまでは豊多可がコートを抜ける。

灰島のトスがサイドへ飛んだ。集中して見ていても目の前を突然ズバッと切るように

飛んでいくトスにはぎょっとさせられる。そしてそのトスに黒羽がまったく躊躇《ちゅうちょ》なく踏み切ってくる。照準はこれからあわせていくとはいえブロックが追いつかない。

スパイクポイントとなり景星1－2清陰。「ブロック迷うな！　揃えろ！」前衛には最上級生の浅野もいるのだが豊多可がおかまいなしに怒鳴ってコートに駆け戻ってきた。滑りだしから早い展開でサイドアウトが往復する。予想されたとおり激しい打ちあいになりそうだった。

4. COUNTERATTACK

なんなんだよっ……。こんなに腹立たしい気分で試合をはじめたことなんてなかった。一点目のツーは半分は腹立ちまぎれに叩き込んだ。無論状況も見たうえでの選択だったが、景星が予想以上の好反応を見せた瞬間、電源盤に並んだレバーをばちんばちんばちんと跳ねあげるように灰島の中のスイッチも切り替わった。

第一セット、清陰11－9景星。清陰が僅差《きんさ》でリードしているが、スロースタートが特徴の景星にとっては第一セット前半でこの程度のビハインドは想定内なのだろう。山吹が落ち着いてスパイカーに打ち切らせる采配をし、ぴたりと清陰の背中につけてくる。

荒川亜嵐の強靭《きょうじん》なバネから炸裂《さくれつ》したスパイクがブロックの上を抜いてきた。アウト

の角度だったが、大隈の指先を掠《かす》ったか——フラッグを構える線審の動きも周辺視で捉え、

「ワンチ!」

灰島が声を発するなり黒羽がボールを追っていく。コート外で追いついてボールに飛びつく直前に一瞬振り返り、こっちの居場所を確認してから打ち返してきた。現在の後衛は灰島、黒羽、外尾。黒羽のカバーに向かっていた灰島の頭上を越えてボールが返る。戻ってトスをあげろといわんばかりの返球に、灰島は反転してネット側へダッシュで戻る。

ネットの向こう側では佐藤がディフェンスの指示を飛ばす。こっち側では小田と棺野が助走に開いているが、黒羽も灰島を追いかけてくる形ですぐさま戻ってきた。ボールの下に走り込むなり見もしないでバックセットを放った灰島の背後で黒羽が踏み切った。直後、すぐ頭上でドンッ!とボールが射出された。

小田、棺野もおとりになっていたため、一番遠くから一番速く飛び込んできた黒羽のバックアタックに景星のブロックが揃わない。遅れて跳んだブロッカーのあいだを抜き去った。

「ナイス、二人!」

仲間が集まってくる中「ナイスセット」と言ってきた黒羽に「……ナイスキー」と灰

島は応じるが、讃《たた》えあう台詞《せりふ》とうらはらに鼻面を突きつけんばかりに睨みあって火花を散らす。灰島は舌打ちしてくるりと後ろを向いた。

「どう見ても様子が変やけど……ぎりぎり間にあってひやひやさせられたと思ったら二人ともモチベやたら高いし、二百パーくらい息あってるんでぜんぜん支障ないんですよね……」困惑顔で言う棺野に「ほやな……」と小田が頷く。

清陰には自分が必要だって認めさせてやる。一分の文句も言わせないトスをあげてやる。追いだす理由なんて一分もやらない——と思ってるのに、それを黒羽が一分の文句もつけようがなく決めるのだ。

もしわざと負けるために手を抜くような真似《まね》をしようものならコート上だろうがなんだろうが摑みかかってぶん殴ってたのに、なんなんだよ……本当にわけがわからない。

開始からローテが一周半したところで景星にメンバーチェンジがあった。

「セッターかえるんか……？」

抜けるのは山吹だ。早い段階でのセッターのチェンジに清陰側は首をかしげる。

「足痛めたみたいです」

山吹が足を庇《かば》っていることに灰島は数プレー前から気づいていたので交代の理由は察したが、山吹の背番号、2番のナンバーパドルを持って交代手続きをする選手を見て訝しんだ。セッター対角（ライト）の控えのスパイカーだ。セッター対角には浅野が不動で入っているので今大会まだ一度も出番はなかったはずだ。

ベンチに座った山吹をマネージャーとコーチが挟んでアイシングの準備をはじめた。あのときか、と頭の中で試合開始まで巻き戻して早送り再生するとすぐに思いあたるプレーがあった。

コート内では浅野がメンバーを集めて声をかけている。——高さも巧《うま》さも経験も、高いレベルでバランスが取れたプレーヤーだ。線の細い雰囲気のわりにネット際での駆け引きでは強引なプレーも見せる。だが、直接対戦してみて浅野に対しては弓掛に感じたような戦慄《せんりつ》はここまで感じていない。巨大な脅威を前にして全身がぞくぞくする、あの感覚は。

声が目立つのは攻撃の司令塔である山吹と守備の司令塔である佐藤だ。この二人が景星のムードメーカーでもある。スパイクでは荒川がレフトエースの働きをしており打数も一番多い。

メンバーチェンジの意図はすぐにわかった。

景星のレセプション・アタック（サーブレシーブからの攻撃）で、浅野がレセプションから外れてセッターの位置に入った。交代して入った選手が浅野のかわりにライトから攻撃に入る。データにないフォーメーションに清陰の守備の意思疎通が間にあわない。

小田がはっとしてライトにマークに行ったのに大隈まで引きずられた隙に、ミドルから悠々とクイックを打たれた。

「直澄さん、ナイスセット！」

ベンチでアイシングを受けている山吹が勝ち誇ったような声を飛ばしてきた。

二枚替えで前衛のセッターと後衛のセッター対角をひっくり返すのはメンバーチェンジの定石だ。だが一枚替えでセッターとセッター対角をひっくり返すだと——。

「へえ……。面白い」

まだ狼狽《ろうばい》が残る清陰コートで灰島は一人呟いた。

そこから浅野がセッターとして景星の攻撃をまわしだした。青木の情報によればユースでセッターを務めたあとは景星の中で浅野が完全にセッターをやるのは初めてのようだ。

ユースの海外遠征ではブロック力も期待できる長身セッターとして弓掛と対角を組んでプレーした選手だ。国際試合で代表セッターを務めただけあってセット能力は無論申し分ない。一九一センチは高校生のセッターとしては格段に有利な身長だ。高いセット位置から最短距離でミドルにあがるクイックにはそうそう反応できるものではない。

スパイカーとして凄みを感じなかったのはセッターが本領だったからなのか……とも思ったが、それでもやはり想像を超えるような凄みは感じない。

まだ面白くなりそうなのにな……。まだ足りない。スパイカーをセッターにチェンジできるなんていう飛び道具は面白いが、それがあの勇者のチーム、箕宿と今年もっとも競《せ》ったチームの真髄ではないだろう——?

ネット際ぎりぎりの返球にも浅野が長身とリーチの長さで届き、ワンハンドでぽんっとはじく。荒川が高い打点から叩く。ただ清陰も高さで大きく分が悪いわけではない。慌てずブロックにつけば引っかけられる。

ワンタッチからボールを繋いで清陰の攻撃。棺野がブロックの脇を抜いて打つが、オフブロッカー(ブロックに跳ばなかった前衛のプレーヤー)の浅野がディグにまわって冷静に拾った。だがセッターにファーストタッチを取らせることに成功し、これで景星はコンビを使えない。

「オーライ!」

と、佐藤がバックゾーンから片足ジャンプでボールの下に入った。

リベロがジャンプセットできるチームは必ずしも珍しくない。だがミドルブロッカーが速攻に入ってきたことには驚いた。リベロのセットで速攻を絡めたコンビを使ってきた——しかも浅野も即座にスパイカーに転じて攻撃に加わる!

浅野のクロスが清陰コートの対角線上の角いっぱい、後衛も誰もディグに飛び込めないところに突き刺さった。

スタンドで浅野コールが起こる中、ベンチから山吹が「ナイスセット、豊多可!」と手でメガホンを作って声をかけた。「いつでも正セッターかわりますよー」と佐藤が返す。「誰が譲るか、リベロに誇り持て！」コートとベンチでリラックスしたやりとりが交わされる。

「二刀流か……。灰島並みにタチ悪ぃな」

清陰コートでは青木がぼやいた。

自分のタチが悪いかどうかはおいておくとして、

「タチが悪いのは浅野じゃないです。──今、スパイカー五人助走に入ってました」

自分で言った台詞に、ぞくりと血が沸く兆候を感じた。

メンバーチェンジにより景星の攻撃のバリエーションが増えた。序盤で正セッターが下がるというアクシデントを守りに入って凌《しの》ぐのではなく、攻めるメンバーチェンジをしてきたのだ。

面白いじゃないか……若槻は今は細かい指示を送ることなくベンチに泰然と座っている。あの監督が采配を振るバレースタイルは、圧倒的に〝攻めのバレー〟だ。

「おいおい、まじか。五枚攻撃なんてブロッカー三人で防ぎようねぇやろ」

「攻撃が最大の防御ってことです」

青木と話してから灰島はレセプションに備えるウイングスパイカー陣にサインをだした。

黒羽と目があったとき、

「攻めるぞ！」

ネットの向こうに布陣する敵チームを背負って黒羽と戦っているかのように怒鳴り声を投げつけた。

「っしゃ持ってこいや！」

黒羽のほうも怒鳴り返してきた。味方コート内で威嚇《いかく》しあうような怒鳴り声が一往復した。

青木・大隈に次いで清陰で三番目の長身者は一八六センチの黒羽だが、山吹が交代したことで景星は全てのローテで前衛全員がその黒羽のラインより長身という、シニアのトップチームにも劣らぬ大型チームになっている。

だが今日の黒羽の調子なら、打ち抜ける。

サイドに大きく膨らんで助走してきた黒羽に向かってトスをいっぱいに伸ばす。景星ブロッカー陣が箕宿譲りのステップでサイドへ走り、スパイクジャンプと同じ要領でバックスイングを使って踏み切った。鋼鉄の扉が閉ざされるように、高さのあるブロックが黒羽の前に勢いよくスライドしてくる。

わざとブロックを一拍待つくらいの時間、ジャンプの頂点でテイクバックを作ったまま黒羽が滞空する。灰島が飛ばしたトスも黒羽とシンクロするように放物運動の頂点でふわりと滞空する。両者が落下をはじめる刹那《せつな》、黒羽の右手がボールの芯を捉えて振り抜かれ、ブロックが流れてきたあとの空間を打ち抜いた。佐藤が額の前で拳を組んで顔面に迫ったボールを受けたが大きく後方に跳ねとんでアウトとなった。

ボールを仰ぐように後ろでんぐり返り一回した佐藤が四つん這《ば》いで「あーっくっそ！」と悔しがった。

身体の中がびりびりした。本当に、おまえはなんなんだ……！　こんなスパイクしてもらったらセッターは最高に気持ちいいんだよ。

たぶん今までで一番黒羽にムカついてて、疑心暗鬼になってるのに、今までで一番信じてトスをあげている。

景星はネット際にボールがあがると浅野の高いセットからミドルを大胆に使ってくる。

「1番《（浅野）》、ツーあるぞ！」

灰島が怒鳴って警戒を促す。そろそろ真ん中を一本押さえたい青木がコミットで跳んだが、その瞬間浅野がレフトの荒川にトスを振った。

青木が振られたため灰島一枚でブロックに行く。ネット沿いを走って踏み切り、空中を流れながらネットと正対して荒川の正面でちょうどブロックが完成する。箕宿戦・景星戦と続けて目の前で見せられてきたブロックだ。再現はもうできる。インパクト直後にゼロ距離で手にあたったボールを指を固めてしっかり捉え、はじくことなく下に撃ち落とした。

スタンドからの「アランー」という声援が「んあー」という悲鳴に変わったのが快感だった。拳を握って「っし！」と思わず声がでた。

「すげぇな、おまえって奴は」

青木とタッチを交わし、

「うっひゃ、灰島やべえっ」

とタッチを求めに来た黒羽にも強く手をはたきつけた。

黒羽と佐藤、灰島と荒川。一年どうしの勝負を制し、清陰が景星の追撃を許さない。これで灰島がサーブの番だ。サービスゾーンに向かう際「ナイス、灰島！」と手をだしてきた小田ともタッチを交わした。

「すげぇなほんとに、おまえらは……」

と小田が目尻にくしゃっと皺《しわ》を寄せ、灰島の尻を押した。

ローテがまわり、後衛に下がった荒川のバックアタックがずどんっという快音でブロックを抜いてきた。清陰は小田が前衛だ。高さをだして打ち切られると荒川はなかなかとめられない。

だがエンドラインを割ってスパイクアウトとなった。

灰島にソロでキルブロックを食らってから荒川はブロックを避けて打とうとしている。浅野が荒川にフォローの言葉をかける様子が見える。

清陰23－18景星。終盤で清陰が五点差にリードを広げる。この点数に至って景星はまだ追いあげのスタートを切れていない。スロースタートとはいえさすがに焦って然るべき状況だ。一方の清陰は箕宿戦に次いで会場を驚かせる快進撃を続けている。

サイドアウトを取れなければ清陰にセットポイントを渡す場面で、浅野が続けて荒川を使った。二本連続のバックアタック二本目は荒川がしっかり決め、一本目を帳消しにした。景星にとっては未《いま》だ厳しい点差だが、やや元気を失っていた荒川が笑顔を取り戻してガッツポーズをした。

スパイカーのストレスのコントロールまで考えた配球ができるセッターだ。なるほど、セッターとしてもいいいな……と感心する（ほやで何目線や！と脳内で黒羽が突っ込んできた）。でも今のところやはりタチは悪くない。浅野の二刀流は事前に情報があったからあくまで想定内だ。

サーブ権を得た景星にメンバーチェンジがあった。サーバーの交代だ。

ナンバーパドルを掲げてコートサイドで軽く足を動かしているのは山吹だった。アイシングをしただけで深刻な容態ではなかったようだ。

「はいはい、まだ第一セット落としたわけじゃないよ。こっから巻き返すぞ！」

山吹が仲間を締めてコートに戻る。浅野がほっとしたような笑みを浮かべて山吹をタッチで迎える。浅野の対角に山吹が戻る形になり、そのままサーブへ行く。

交代前にまわってきた山吹の一回目のサーブはネットにかかってミスになっている。球速はあるので入れてきたら厄介そうなサーブだった。二本目はどうだ——？

キレのいいスパイクフォームからサーブが放たれた。

低い、だが、入る！　虚空をメスで裂くような浅い弧を描いて白帯《はくたい》のぎりぎり上を最短距離で越えてきた。サイドラインいっぱいのコースを攻められ、棺野が横っ飛びで取った。

逸れたボールに灰島が走り、コート外から後衛の黒羽にロングセットを送る。浅野を含む前衛三人が黒羽に照準をあわせている。ブロックの真ん中にぶち込んでしまい、難なく捕まって叩き落とされた。

パパパ、パパパパ、パパパパパパ！

景星側スタンドでトランペットの音が高らかに鳴った。

「セッターあんなサーブ持ってんのに、なんでS1スタートやねえんや……？」

清陰側では個々にタッチを交わして励ましあいつつ驚愕《きょうがく》の声があがった。

ローテーションでまわる六箇所のコート・ポジションには1から6の番号が振られて

いる。サーブ順が来るバックライトを1とし、そこから反時計まわりに2、3、4、5と数えて、サーブ順から一番遠いバックセンターが6となる。「S1」は「セッターがコート・ポジション1にいるローテ」を指す。景星は「S6」から第一セットをスタートしている。山吹にサーブがまわるまで一周無駄にかかることになる。

二本目もキレキレのコースに飛んでくる。外尾と棺野の中間を抜け、身をひねって振り返った二人の視線の先でずばんっとボールが跳ねた。エンドラインのボーダー上、際どいジャッジだが――

腰を落としてライン上に目を凝らしていた線審がフラッグの先を床に向けた。入れてきた……!!

メンバーチェンジ直後の鮮烈なノータッチエースにスタンドの大応援団の歓声が怒号となり、少なからず黄色い声まであがった。

清陰23－21景星。連続ブレイクで五点差からあっという間に二点差まで詰められた清陰側に嫌な空気が流れる。終盤、二十五点に迫ったところで五点という大差を確保した状況からアヘッドのチームがセットを落とすことはほとんど考えられない――しかし清陰が入りかけた安全圏を、景星がこじ開けた。

セット終盤で風向きが、変わる。

5. SENIORS AND JUNIORS

「めっちゃ気持ちいい再登場するよなぁ誠次郎」

「絶対黄色い声意識してますよね」

「あれで今年もまたチョコ増えるな……」

最強サーバーのコートへの復帰に仲間からはぼやきまじりの声が交わされた。

「まああれだけギア入れて戻ってきてくれたらなんでも許せるよ」

サービスエースを決めて意気揚々とサービスゾーンへ戻る山吹に浅野は苦笑を送り、胸を撫《な》でおろした。

ほぼ逆転はあり得ない点差から景星に巻き返しの可能性が開けた。

しばらくベンチで指をくわえていた憂《う》さ晴らしとばかりに山吹のサーブが続く。三本目、サイドラインぎりぎりの際どいコースを攻めるが、ぎゅんっとラインに吸い寄せられるかのように曲がって〝ライン上〟に落ちる！　飛び込んだ棺野が大きくはじき、灰島がコート外からロングセットをあげる。打ち手は前衛の小田と後衛の黒羽になるが、小田は前衛で一人では勝負してこない。選択肢は黒羽に絞られる。

景星の前衛は二年生ミドルブロッカーの爾志、ウイングスパイカーの檜山、そして浅野という二、三年で固めるローテだ。身体を二つに折る勢いで黒羽のバックアタックが炸裂した直後、照準をあわせて展開した壁がダイナミックに撃ち落とす。両コートから砲撃を加えるような打撃音の連続の末、どどぱんっ！と水柱をあげて清陰コートにボールが沈んだ。

五点差からはじまった怒濤《どとう》の追いあげにスタンドが最高潮にわき返った。トランペット隊がおきまりの『狙いうち』のサビを吹き鳴らし、チアが両手のポンポンでポーズを決める。

景星の四連続得点で景星22－23清陰。一点差に迫られた清陰が浮き足立つ。

これがローテーションというルールが存在する六人制バレーボールが持つ面白さだ。

清陰は現在S3ローテ。このローテのレセプション・アタックは、高い攻撃力を誇る清陰のローテの中でもっとも弱い。黒羽・棺野が後衛のうえ、前衛の小田がレセプションのあと苦手なライトから攻撃に入るためだ。棺野にレセプションを取らせて潰し、さらに灰島をネット際から動かせばクイックとツーも消える。そうなれば黒羽のバックアタックに頼るしかなくなる。待ち受ける景星のブロッカー陣は浅野を含む経験豊富な二年・三年組だ。

弱点のS3を抜ければS2、S1という勝負ローテを迎えるが、S3に相手のサーブが強いローテがあたってしまうとサイドアウトが取れずにローテがなかなかまわせなくなる。

また黒羽のバックアタックになる。打点の高さとスパイクの威力を武器にブロックをぶち抜くタイプのスパイカーだが、ここはコースを狙って打ってきた。

だがあえてコースをあけて打たせただけだ。「っしゃ、もらい！」フロアで待ち構えていた豊多可がボールの正面でカットした。ブロックで誘導したコースに打たせて取るほどリベロにとって気持ちのいい仕事はない。「前ちょっと邪魔！　壁揃えて任せろ！」と生き生きとして前衛を怒鳴りつける。ファーストタッチがぱんっと高くあがってセッターの山吹に最大限の選択肢を供給する。〝攻撃の景星〟が誇るスパイカー陣がコートに展開する。

後衛からネット前までダッシュしてきた山吹が流れるようにバックセットをあげた。足の打撲《だぼく》の影響は大丈夫そうだ。二年生コンビの息のあった連係で爾志がCクイックに入った。

と、コート外からロングセットをあげて駆け戻ってきた灰島がその足で床を蹴って踏み切った。空中でスライドしながら爾志を止めに来る。

右打ちだったら捕まっていたが、ブロックの扉が閉まる寸前で爾志の左手がひと筋の隙間を抜き去った。ネット沿いをそのままセンターまで吹っ飛んできた灰島を青木が慌てて抱きとめた。

「ほんっとまじやばい奴だな……！」

一瞬肝を冷やした景星側からどっと溜め息がでた。

景星23－23清陰。同点に追いつかれた清陰がタイムアウトを取る。ベンチへ引きあげる清陰の足取りに疲労が滲《にじ》んでいるのと対照的に景星の足はみな軽い。

清陰は二つまわすことができれば灰島のサーブだ。風向きがまた変わる可能性もある。そうなれば一点をめぐる終盤の競りあいで景星が一転して窮地に陥る。

このセット、勝ち切るためにはもう灰島にサーブはまわさない。

ネットの向こうを歩きながら灰島が急に顔を向けてきた。心の中で呼んだ名前を聞き取られたようなタイミングだったので浅野はぎょっとした。凄《すさ》まじい集中力から五感の知覚能力が異常に引きあげられている——これが弓掛すら戦慄させた〝天才〟か。コートに接続された灰島の知覚神経にとっくに取り込まれているような感覚に、ざわりと恐怖心を駆り立てられた。

タイムアウトあけのレセプション・アタックで小田がライトからレフトへ切り込んで打ってきた。やはり攻撃バリエーションが多いチームだ。やられた、という空気が景星側に走るも、景星側ライトブロッカーの浅野が小田の前で覆いかぶさるように腕をだす。

パワーが乗ったスパイクを小田が打ち切った。ボールに引っかけた指がはじかれそうになったが力を入れてこらえる。指が焼きちぎれようが易々《やすやす》とはボールを通さない。ブロックを突き抜けられずにネット上に浮いたボールを爾志がすかさず清陰側に叩き込んだ。

景星24－23清陰。

勝ち越しの一点にスタンドで爾志コールが起こる。浅野は汗を拭って「ナイスカバー」と爾志とタッチを交わし、「勝ち急ぐな。一点ずつでいい」とコート内の味方に向かって人差し指を立てる。

「誠次郎、十分だ。アウトは気にするな」

この強烈なコースに五連続もサーブを入れ続けるのは神経回路が焼き切れるほどの重圧だ。山吹が頷き、すぼめた唇からふっと息を吐いた。

山吹のサーブ、連続六本目。プレッシャーが少々抜けたおかげで逆に集中力がまだ持続している。清陰コートサイドいっぱいを攻めたサーブが入る。山吹に執拗《しつよう》に狙われ続けている棺野もずるずる崩れることなく持ちこたえ、初めて好レセプションをあげた。

「あがった！」

清陰側が勢いに乗り、景星側に緊張が走る。

「4番《（棺野）》あるぞ！」

豊多可から前衛に声が飛んだ。

レセプションに手一杯で攻撃参加できていなかった棺野がここまでのお返しとばかりに鋭いストレートを打ち込んだ。

豊多可がディグをあげたがコート内に返らない。同点にほっとする空気が清陰側に生まれるのを尻目に浅野はコート外へ飛びだした。ホイッスルが鳴るまではボールは繋がっている。

目の前は自陣ベンチだ。パイプ椅子に座っていた若槻が椅子の背を摑んで危うく椅子ごと飛びのいた。浅野は脇目も振らずそこを駆け抜ける。

一年の頃はこういう状況で足がとまった。だが三年になった今はためらいなく足が動く。佐々尾の最後の春高の歳《とし》が今の自分の歳だ。コート内で佐々尾がどれだけ多くのことに同時に目を向けながらエースとしてのパフォーマンスも発揮せねばならなかったか、そのプレッシャーの重さが今は身に染みている。

踏み込んだ片足に体重を乗せてコート側を振り向き、ボールを返す体勢になる。コート内に目を走らせようとしたとき「亜嵐！　助走確保！」耳に入った山吹の指示で、返す先が定まった。

浅野が大きく返したボールが亜嵐へのトスになった。椅子を抱えている若槻の前を浅野は再び駆け抜けてカバーに戻る。

亜嵐の前にブロックがつく。飛ばせ、という浅野の念が通じたように力いっぱい打ち切った亜嵐のスパイクがブロックの上端を粉砕して跳ねあがった。「拾えー！」と清陰側スタンドで悲鳴じみた声があがるも、ボールは大きく吹っ飛んでいった。

コート内でよろこびあうより先に自校のスタンドで怒号のような歓声が起こった。

景星25－23清陰。

実に七連続得点で景星が大逆転し、第一セットを先取。

最前列で懸命の応援を送っていた部員・OB勢が拳を突きあげてスタンドを揺らした。

「危ねえなあ！　はらはらさせんじゃねえー！」

佐々尾がメガホンを使って笑いまじりの声で怒鳴ってきた。その隣で手すりから転げ落ちるほど身を乗りだしていた弓掛が脱力して手すりの上で身体を折った。

頭をあげた弓掛が破顔一笑して大きく頷いてみせた。

浅野は会釈で応援に礼を示した。

ベンチでは若槻が椅子を置きなおし、慌ただしくも明るい空気でコートチェンジの準備がはじまる。浅野はコート内に笑顔を向けて仲間を讃えた。「亜嵐、よく思い切って打った」亜嵐の短髪をくしゃくしゃと撫でて「誠次郎、ご苦労さん。何本打ったんだっけ。さすが」

亜嵐は素直に誇らしげにはにかんだが、

「前半迷惑かけたぶん働いたまでですよ」

　などと山吹はスカして答え、浅野に右手を差しだしてきた。

　浅野の働きもねぎらわれていることを察し、浅野は「ありがと」と山吹と握手を交わした。

「ちょっとー直澄さん、あんまり山吹さん甘やかさないで」

　と、山吹の得意顔が気に入らないようで豊多可がジト目で割り込んできた。

「ファンとかいるけど中身まあアホですからねその人。一発目から打たすといいカッコしようとして突っ込みすぎてたいがいミスるからS6からまわしてくのがちょうどいいだけでしょ」

　ようするに山吹も景星流のスロースターターなのだ。

「あっちの8番がもしほんとにうちに来たら山吹さん正セッターの座危ないですよー」

「で、正セッター争いでおれが勝ったらおまえと正リベロ争いすることになるわけだ。ディグもリベロ並みだしセカンドセッターもできるとなれば、あいつがいればおまえいらないじゃん。背も同じくらいだし」

　先に煽った豊多可のほうが山吹にやり返されて「いらないってことないでしょ……」ともごもごとぼやく。二人の舌鋒《ぜっぽう》合戦も、最終的には毎回豊多可が言い負かされるのも豊多可が入部して以来すっかり日常茶飯の風景なので他の部員にとってはもう犬も食わないなんとやらだ。

「一年前の春はどう考えても馬があいそうにない奴らが一緒になっちゃったなと思ったのにねえ」

菊川があきれ気味に言って浅野の肩にドリンクボトルを乗せた。

「今はうちに欠かせない二人だよ」

と浅野は微笑み、膨れ面の豊多可と、豊多可を小突いてドリンクを呷《あお》る山吹の様子を頼もしげに眺めてボトルを摑んだ。

「さて、一乗谷先生はまわしてくるかね。読めない先生だからな」

若槻がオーダー用紙を指のあいだでひらひらさせて清陰ベンチに視線を投げた。相手チームの各セットのスターティング・ラインアップは実際にコートに入るまで互いにわからない。相手のローテを推測してより有利なマッチアップを狙うのはベンチの重要な役割だ。

清陰はS3を景星のS1にぶつけたくないはずだが、

「S1で来る気がします」

なんとなく確信があって浅野は言った。

「ま、おれも同意見なんだよな。となるとこっちをどうするか……」

と若槻が思案顔をする。清陰がS1スタートにしてきた場合、第一セットと同じマッチアップにするためには景星はまたS6スタートだ。サーブのギアが入っている山吹にサーブ順がまわるまで一周かかる。

さほど悩まず若槻は腹を決めたようで、山吹を呼んで肩を抱いた。

「S2から入る。ギア落とすなよ。サイドアウト取り次第このままサーブ行け」

両チームから第二セットのオーダー用紙が審判に提出された。主審・副審が時計に目を落として記録席の前にでてくる。円陣を解いて順次コートサイドに並びはじめた両チームのスタメンの顔ぶれに変更はない。

インターバル終了。コートインを促すホイッスルが吹かれた。

副審にポジションの確認を受ける清陰側の六人の配置を浅野は素早く頭に入れた。予想どおりS1。灰島サーブからのスタートだ。

レセプション側の景星も一つ目のサイドアウトですぐ山吹にサーブがまわる。

両チームともサーブでぶっ叩けという指示だ。

コートチェンジにより第二セットは清陰コートが景星の応援席側になる。灰島がボール係から投げられたボールを片手でキャッチし、距離が取れる限りサービスゾーンの一番奥、二階スタンドの目の前まですたすたと歩いていく。相手校の大応援団の圧を頭の上から浴びながら萎縮《いしゅく》した様子は微塵《みじん》もない。むしろふんぞり返るくらい不貞不貞《ふてぶて》しい態度でボールを手にしてコート側に向きなおった。

第一セットは灰島にサーブがまわる前に景星が勝ち切った。灰島としては自分までサーブがまわれば状況を打開できたという思いはあったに違いない。自分のサーブで第二セットのスタートダッシュを切る気満々だろうが、余計な力みに繫がる可能性もある。サーブの利き手である左手にボールを載せ、予告ホームランでも突きつけるようにその腕をまっすぐに伸ばすという、一年生にして堂に入ったルーチンで構える。

ピィッ！

プレー開始のホイッスルが響くなり緊張をコントロールするような間もなく灰島の手からトスが放られた。

低い軌道で飛来したサーブがネットすれすれを越えたところで、空気中に火花を散らして見えない壁を削り取るかのようにギャンッと曲がる。どういう神経してんだ、まったく！――誰が力むかと見せつけるような全力のサーブが景星コートを襲う。

球威を殺せずレセプションミスとなった。速いボールが清陰側にそのまま返った。外尾が真ん中に入ってネット前に丁寧にあげる間に灰島がコートエンドからどどどっと走ってくるなりジャンプセット。山吹のサーブで崩されて第一セット終盤から機能を抑えられていた青木のクイックが鮮やかに決まった。

やられたらやり返すとばかりに灰島がサーブでチャンスを切り拓《ひら》き、清陰が第二セットの先制点をあげた。

*

一年前の春高、景星学園の成績は二回戦敗退だった。しかも抽選で二回戦が初戦となる枠に入っていたため一勝もせず東京体育館を去った。

その年度はすでにインターハイも三回戦で敗退しており、東京都選抜チームで出場する国体はそもそも景星から選抜された選手が少なかったので景星の成績には数えられなかった。三年前の佐々尾の代で春高準優勝を果たして全国強豪の一角に名乗りをあげたものの、以降の景星の成績は下降線をたどっていた。

浅野が主将として新チームを引き継いだのはそんな低迷期だった。

春高直後から新体制が始動し、二ヶ月が過ぎた春休み中のある日、保護者の出資で焼き肉店の座敷席を借り切っての激励会が開かれた。

新年度の激励会という体裁だったが、アルコールが進んだおとなテーブルが前年度の残念会の様相を呈してくるのも致し方なかった。ビールと愚痴とを互い違いにコップに注がれる若槻の機嫌の気圧が排煙ダクトに吸いあげられる煙と反比例して下降し続けている。部員と同じジャージを着た二十九歳の監督は四十代や五十代の父母たちに囲まれているとまるで学生アルバイトといった感だ。

いたたまらなさを感じつつ浅野は部員のテーブルで肉や野菜を焼く作業に勤《いそ》しんでいた。

「直澄、携帯光ってるよ」

隣に座っていた同期が浅野の尻の後ろに目配せをしたので振り返ると、座布団の下に挟んであった携帯にメールが着信していた。画面に浮かんでいる〝凜奈《りんな》〟という文字に「女の子じゃん!」と食いつかれたが、「残念でした。妹」と浅野は答えて携帯を手に取った。「ああ……例の高枝切りばさみの……」

〝パパあと三十分くらいでお店に着くってー〟

今日は凜奈が春から入学する高校の説明会だかなんだかがあったらしく、そちらの用事が済んでから父親が顔をだすことになっていた。長男・直澄と二つ下の妹・凜奈の二人兄妹だ。

〝了解〟

テーブルの下で短い返信を送って携帯をまた座布団に差し込もうとしたとき、凜奈からまたメールが届いた。

〝ねー直ちゃん春休み帰ってこれる日あるよね? ママが脚立《きやたつ》だして電気の上の掃除しようとしてるんだけどー。大掃除でやらなかったでしょ?〟

〝帰れるよ。おれがやるよって言っといて。エアコンとカーテンレールもやるから置いといていいよ〟

〝今言ったー。あと凜奈の部屋の本棚の上もしてほしいなー〟

……これが「ちょっと便利な高枝切りばさみ」の扱いです。

二学期を終えて年末に寮から帰ると自宅の全部の部屋の電灯とエアコンとカーテンレールの上の掃除が浅野の担当として残されている。しかし昨年末は凜奈が「落ちる」という言葉に神経質になっていたので高い場所の掃除が回避されたのだった。まあそれで都内では難関の私立女子に合格したのだから家族の配慮の甲斐《かい》もあったというものだ。受験が終わった今はもうけろっとしている。

メールのやりとりをしているあいだに目の前の焼き網からは焼けた先から肉が攫《さら》っていかれていた。あーあと落胆したが、手もとを見るといい塩梅《あんばい》に焼けた肉を誰かが浅野の取り皿にもちゃんと載せてくれていた。

タレをたっぷりつけたカルビ肉に「うま」と舌鼓を打つ。まだ焼けていない野菜をひっくり返して追加の肉をまた黙々と載せていると、

「直澄くん、いつまでも下級生気分でいたらだめよー。キャプテンになったんでしょう」

とおとなテーブルで焼き肉奉行《ぶぎょう》をしていた母親の一人から怒られた。

「あ、けど、うちはそういう上下関係はないので大丈夫です」

やんわりした言い方で浅野が辞すとその母親にちょっと憮然《ぶぜん》とされる。「今の子ってそういう感覚ですよ。ぼくらの頃みたいにシゴキやパシリがあるよりいいですよ」別の保護者が取りなし、また別の保護者から「けどねえ、今度の三年生はおとなしすぎるんじゃないの、先生。もっと引っ張ってってくれなきゃ」と若槻に流れ弾が飛ぶ。居心地の悪さの中にあってもマイペースな性分でやり過ごして激励会が進む最中《さなか》のことだった。

下級生たちが肉をつついていたテーブルでにわかに口論が起こった。

渦中にいるのは二人、新入部員の豊多可と新二年生の山吹だ。三月のことだったが附属中学からの持ちあがり組や関東圏からの入学予定者は春休みから練習に加わっており、新年度のチームのメンバーとしてこの場にも何名か出席していた。正確に言えばまだ学年はあがっていないが部内では四月からの学年で呼ぶほうがもうしっくりくるようになっている。

膝立ちになった豊多可が気色《けしき》ばんで声を荒らげ、向かい側の席で山吹がきつい口調でそれに言い返す。浅野たちのテーブルのメンバーも手をとめて何事かとそちらを見た。

「新人が誠次郎に嚙みついたんです。リベロのことで——」

仲裁《ちゅうさい》を求めにきた部員が浅野にことのいきさつを耳打ちした。

豊多可は附属中で優秀なセッターだったが、高等部の正セッターには新二年生ながら力を伸ばしている山吹がいる。若槻は豊多可にリベロとしての資質を見出《みいだ》していた。もちろん正式入部してから見極める心づもりだったろうが、その話をこの席で部員の誰かが迂闊《うかつ》に豊多可に漏らしたらしい。

「だったら他のとこ行ってセッターやりますよっ」

「今から受験しなおせるわけないだろ。だいたい附属の奴に他んとこ行けるアタマがあるのかよ」

山吹が小馬鹿にした態度でオレンジジュースに口をつけ、豊多可が憤然と顔を真っ赤にする。のちに犬も食わない日常茶飯の光景になる二人のやりとりの、これが本当の初回である。

「なんでリベロなんですかっ。セッターできないならリベロよりはスパイカーのほうがいいし、リベロは嫌ですっ。タッパだってあんたよかおれのほうがあるじゃんかっ」

「サーブの戦力にならない奴は景星《うち》ではセッターでもスパイカーでも使えねえよ。どへタクソ」

豊多可は附属中出身なので知っている者にとってはこうやって上に突っかかる光景も珍しくなかったが、山吹は中学は外部だった。小生意気な新人にいきなり嚙みつかれてよほどカチンと来たのだろう。口の悪さは普段からだが普段に増して容赦がない。

浅野が腰を浮かせたとき、近くの席の三年が見かねて「誠次郎、まだ入ってもない新人に言い過ぎだぞ」と先に仲裁に入った。

しかし豊多可のほうが最上級生の注意を意にも介さず会心の反撃とばかりに言い放った。

「偉そうに戦力なんか語って恥ずかしくないんですかねーっ。今戦力ないから去年勝てなかったってことでしょっ」

「勝てなかったのはおれたちじゃねえっ!!」

いきなり山吹がブチ切れてテーブル越しに豊多可の胸ぐらを摑んだ。

「三年なんかレギュラー入る力もねえからな!! 主将もやる気あるのかないのかわかんねえしっ!」

豊多可に続いて山吹の口からでた暴言に三年がざわりとした。駆けつけようとした浅野も思わず一瞬固まった。豊多可がテーブルに上半身を引きずりあげられて皿やグラスががちゃがちゃと音を立てた。「誠次郎危ないって!」全員立ちあがって制止に入ったため、出遅れた浅野がはっとしたときにはあっという間に部員たちの壁が進路を塞いだ。

「だから今年は踏み台なんだよ! 来年の代で完成形にするためにおまえをリベロにコンバートするって先生は言ってんだよ。自分がやるべきことくらい考えろ!」

「今年が踏み台なんておれがいつ言った⁉」

一番遠いテーブルからあがった若槻の怒声が店内に響き渡った。テーブルを蹴りあげる勢いで席を立った若槻が「先生、先生」となだめる保護者たちを押しのけて山吹たちのテーブルめがけて突き進んでくる。揉《も》みあいになる中で浅野は突き飛ばされてつんのめったが、慌てて若槻に追いすがった。「先生っ！」

山吹が若槻の形相に驚いて逃げ腰になった。山吹に襟を摑まれていた豊多可がその隙に逃れようとする。グラスがテーブルから転げ落ちて板の間の上で割れた。

山吹を捕まえようとする若槻の前に浅野は間一髪で割って入った。「直澄どけよ！」

「先生っ！　ガラスと火っ！」必死で叫ぶと、浅野を引き剝がそうとした若槻の力がやっとゆるんだ。

若槻の胴にしがみついたまま浅野はとっさにまず見える範囲を確認した。

尻もちをついた山吹と、その山吹の背中に逃げ込んだ豊多可が蒼《あお》ざめて身を竦めている。若槻の前進を阻んで踏みとどまった自分の踵《かかと》のすぐ後ろに割れたグラスの底が落ちているのを見てぞっとした。

叫んだきり空っぽになっていた肺に息を吸い込み、一度深く吐きだす。

ふつふつと怒りがこみあげてきた。再び息を吸い、

「小学生かっ!!　ガラスと火のまわりで暴れたら危ないことくらいわかるよな!?」

突然の浅野の剣幕に山吹と豊多可が固まったまま目を丸くした。

顔色を変えた部員や保護者が周囲に集まっている。座敷席の外の客まで息を詰めてな

りゆきを窺っている。主将は自分だ――やらなきゃいけないことはなんだ？　腹を立てながらも頭をフル回転させて行動すべきことの順番を組み立てる。

「二人とも怪我《けが》してないな？　網もさわってないな？　すみません！　グラス割ってしまいました！」

厨房《ちゆうぼう》に向かって声を張りあげるとすでに騒ぎを聞きつけていた店の人が駆けつけてきた。

「破片落ちてるから離れてろ。先生もですからね！　小学生は割れ物にさわらない！」

すごすごとテーブルから離れた山吹と豊多可が並んで正座した。若槻まで思わず気圧《けお》されたように退《しりぞ》いた。

「お怪我ないですか？　こちらで片づけますから、お母さん方もけっこうですので」

ぞうきんやバケツを持ってきた店員がそう言って慣れた手際でテーブルの上や板の間を片づけはじめた。やらなきゃいけないことはなんだ――

店員に退けられて周囲で戸惑いがちにざわついている保護者に浅野は頭を下げた。

「激励会開いていただいたのに騒ぎになってすみません。二度とないよう部員にはきちんと注意します」

保護者たちが互いに意見を求めるように顔を見あわせる。「浅野くん、意外としっかりしてるじゃない」「まあひと安心じゃないですか」という声が交わされ、笑いも起こった。

自分を含めた選手の誰かが下手したらプレーに影響する怪我をしかねなかった。全身を一気に駆け巡った戦慄と、大事に至らずに済んだ安堵とで、時間をおいてから震えがわいてきた。保護者が同席している場で喧嘩沙汰《ざた》を起こしかけた山吹たちへの怒りもあった。一、二年生の信頼を得ていないことを突きつけられたショックもあった。こんな自己中な連中を自分がこれから束ねていくことへの不安も——

その場はどうにか収まったが、身体の奥の震えはしばらくのあいだ収まらなかった。

6. RIVALS ARE SAME AGE

焼き肉のシメは浅野にとってはさんざんになった。

立ちあがった部員や保護者が三々五々席に戻り、場が落ち着いてから、若槻からもあらためて保護者に謝罪があった。

「お騒がせして申し訳ありません。浅野もこう言っていますし、問題点は部内のミーティングでしっかり話しあわせます。浅野中心に新チームも全力で強化していきます」

自分のことを棚にあげたなと浅野は顔を引きつらせたが、棚のあげ方があきれるほど堂々としていたので監督まで激昂《げっこう》したことはうやむやになって問題視を免れた。その頃やっと浅野の父が到着し、詳細は呑《の》み込めていなかっただろうが主将の父親の立場からも保護者一同へ今後も変わらぬ協力を請《こ》うた。

「当然今年全国制覇を目指します。新年度もご支援をよろしくお願いします」

と最後に若槻が締めたとき、浅野はそっと山吹のほうを窺った。山吹が仏頂面《ぶっちょうづら》で目を伏せた。

浅野の父を交えて飲みなおしとなったおとなたちを残し、部員は先に店を辞した。寮生は全員で帰寮し、まだ入寮していない新一年生は自宅へ帰らせた。若槻に言われたのでミーティングがあると思っていた部員もいたが浅野はそのまま解散を言い渡し、自分もさっさと自室へ引っ込んだ。

寮は同学年の部員との二人部屋になる。竣工《しゅんこう》して十年の校舎と同時期にできた寮なのでまだ新しい。部屋に入ると右手に二段ベッドがあり、左手の壁に向かって各々の勉強机や収納棚が並んでいる。浅野のベッドは下段、勉強机は部屋の奥側だ。風呂とトイレは共同だが洗面所は各室に備わっている。プライバシー面にも特に不満はなく、機能的で過不足のない部屋だ。

焼き肉のにおいが染みついたジャージからスウェットに着替えるなり浅野はベッドにダイブした。

「直澄、お疲れー。先生にまで小学生かって、ちょっと笑っちゃったよ」

ルームメイトにねぎらわれて「あはは……なんか腹立っちゃってさ」と俯《うつぶ》せのまま脱力した笑いを返す。

「誠次郎のことどうすんの？」

という問いに、「うーん……」と枕の中で歯切れの悪い相づちを打つ。

「あいつ実際すげぇ上手いし、言いたくなるのもしょうがないとは思うけどさあ」

同期から後輩への愚痴を浅野はやりきれない気分で聞く。なにかずっしりしたものに背中に乗られて押し潰されるような胸苦しさに溜め息をつき、

「ごめん。言わせてるのおれのせいだ……」

枕の中に閉じ込められた吐息が肺に押し戻されて余計に苦しくなった。

「直澄が謝ってもしょうがないって。直澄はいいよ、ユース代表だしレギュラーは確定なんだから。誠次郎も別にレギュラーの話には直澄入れてないじゃん……」

尻すぼみになって愚痴が途切れた。気のおけない同期間にまで棘々《とげとげ》しい空気が生じかけていることに向こうも気づき、「……先に風呂行ってるな」と、タオルと着替えを持って頭を冷やしに行くように部屋をでていった。

篤志だったらこんなときどうするかな……。

誰もいなくなってから頭に浮かんだのは、自分と同じように春高終了後すぐに新チームの主将に就任した弓掛のことだった。

メールしてみようかと、横着《おうちゃく》して寝転がったままごそごそと携帯に手を伸ばす。メール画面を開くと昨日の夜までに弓掛と交わしたメールのやりとりが表れる。歳の離れた弓掛の妹が四月から小学校にあがることになっており、「ランドセル届いてから毎日家ん中でしょっとうのがバリかわいいっちゃんねー」とかいうのろけメールに対して「九州の大将が目もあてられないデレっぷりだよ」と浅野が突っ込んだところでやりとりは終わっていた。弓掛の家は三人兄弟で、今度中学二年になる弟が真ん中にいる。

弓掛を新大将に担いだ箕宿はさっそく二月に新人戦の全九州大会を制覇し、福岡王者にとどまらず強豪がしのぎを削る全九州王者の座を着実に摑んでいた。今年こそ全国の頂に箕宿の旗を立てんと九州から気勢をあげている。

〝インハイ楽しみにしてる。夏、絶対来いよ〟

全九州大会後に交わしたメールにはブレない激励の言葉が添えられていた。今夏のインターハイの会場は中国地方だ。景星は大会会場入り前に一度本州を突き抜けて福岡に入り、箕宿と練習試合をする予定になっている。

決して大きくない体軀でもって全国随一のキャプテンシーを発揮し、常に明確な方向性を示してまわりを引っ張っていく、あの弓掛だったらそもそも下にあんなことは言わせていない。下に疑問や不信を持たせてしまうのは浅野のキャプテンシーのなさだ。

仰向《あおむ》けになって顔の前に掲げた携帯をしばらく眺めていたが、結局なにも文章は打たず、ぽすんと頭の脇に手をおろした。

三年になってまでこんなことで弱音言ってられないよなあ……。

弓掛のようにリーダーシップを取るのがまったく苦にならないタイプが羨ましい。同じ長男なのに浅野は上に従っていたほうが楽だと思うほうだ。

はー……と肺の底からまた溜め息がでる。

腕を掲げて両手で顔を覆い、

「主将って柄じゃないんだよな……」

呼気の湿り気と湿っぽい弱音で両手の中の湿度があがる。部屋の電気を透かしてオレンジ色に染まった手指の隙間から天井を見つめていると、視界にぷくりと水膜が張った。情けなさで泣けてくる……。表面張力で瞳の上にとどまっている涙を溢《あふ》れさせないように慎重に目を閉じたが、眼窩《がんか》に収まらなかった涙が一滴こめかみへつたった。

しゃららん
と、まるで涙の雫《しずく》が着信したかのように枕もとの携帯が短い着信音を鳴らした。反射的にびくりとしたが、すぐに動く気にはならず緩慢に首を横に向ける。光を灯《とも》している画面を見た途端「あっ」と素早く携帯を掴んだ。

〝直澄、今電話してよか？〟

昨夜のやりとりの続きに新たなメールが入ってきた。

弓掛とはメールばかりなので電話で話すことはほとんどない。なにか深刻な用件だろうか。

〝いいよー。今こっちからかけるよ〟

返信を送り、手のひらのつけ根で目尻をこすって起きあがった。ベッドの上で座りなおし、咳払いをして涙声になっていないことを確認してから電話の画面を開く。

向こうも春休み中だから日中の練習から帰宅して夕食を終えたくらいの時間だろう。電話をかけるとすぐに繋がった。

『今なんしようと？　夕飯食った？』

最後に直接話したのは一月の春高だったから声を聞くのは二ヶ月ぶりだ。弓掛のはきはきした声で聞く博多《はかた》弁が耳に小気味よく染み、それだけですこし気持ちが軽くなった。

「食ったよー。おかんの電話か」

せっかくの焼き肉の味も忘れてしまったが。笑いまじりに言ってから、「どうかした？」と声色をあらためて話を聞く姿勢になる。

『佐々尾最近部活見に来たり、連絡あったりしとう？』

「広基さん？」

唐突な質問に浅野はきょとんとした。

「春高は応援来てくれるって言ってた日の前に負けちゃったし、それからはぜんぜん連絡取ってないよ。練習忙しいだろうし、それに先輩たちだんだん来なくなるしね……」

　佐々尾は四月で慧明大の二年生になる。卒業して一年目は頻繁に顔をだしてくれるOBも多いが、二年目以降は大多数のOBとはいかんせん縁が薄くなっていく。

「広基さんのことでなにかあったの？」

『いやぜんぜんあいつ関係ないんやけど。まあぜんぜんは関係なくないけど……今日、東京から慧明の監督が来た』

「それって……」

『うん。慧明来んかって話やった』

「まじで！　こんな時期から推薦《すいせん》の声ってかかるもんなんだ！」食い気味に反応して思わず浅野は立ちあがりかけた。

『ただおれは私大は推薦でも行けないって言ったら、特待で取れるように掛けあうけん、絶対来て欲しいって言ってくれて』

「すげーラブコールじゃん！　そこまで言ってくれるって」

『まだぜんぜん確約じゃないって。他の部の枠だってあるし、監督がその気でも大学側に認められるとは限らんし。監督ははっきり条件は言わんやったけど、現実的に考えて全国優勝の実績は最低条件になると思う』

「そっか……。特待なんてたぶん大学全体で一人とかだよな……」

本人以上に浅野が声をはずませたが、弓掛の冷静な見解を聞いてすこし恥じ入り、浮いた尻とテンションをもとに戻した。

弓掛は自分の境遇とずっとシビアに向きあってきた。取り立てて経済的な制限を受けることなく兄妹が二人とも私立高校に行ける浅野の家とは事情が違う。中学生の頃からすでに高校も大学も公立に絞るしかないと考えていたことも浅野は知っている。一見してやんちゃな跳ねっ返りの印象が強いだろうが、弓掛の内面は見た目よりずっとおとなだ。

「でも可能性はあるってことだよな。篤志、前から慧明には興味あったろ。いいバレーするチームだって言ってたし」佐々尾はいいチームに入ったと褒める発言をしていたこともある。

『今は優勝争いするとこまでやないけど、リーグで着実に順位あげてきとる。慧明は〝高さが正義〟ってわかっとうチームっておれは見とる。そのうえでおれを欲しいって言ってくれとう……もっと背がある奴だっていっぱいおるのに、特待の枠にねじ込んでまで。そこでやってみたいって思った。やけん条件が揃えば、受けるつもりでおる――箕宿で全国優勝すること。特待で取ってもらえること。とりあえず今のとこはっきりしとるのは、この二つ』

まっすぐに前を向いた言葉に、浅野のほうの心臓がどくんと高鳴り、背筋が伸びた。

家庭によっては経済的に解決できるであろうことも、弓掛には自分の力でクリアしなければならないことばかりだ。だが現実をシビアに見極めたうえで、望みの未来を手にするためになにが必要か冷静に算段し、腹をくくっていた。

箕宿を全国優勝させることが条件だとして、非現実的な無理難題をふっかけられているわけではない。北辰《ほくしん》高校が築いた〝高校六冠〟の記録の陰で〝六大会連続準優勝〟という立派に評価されるべき成績を経て、一学年上の代が卒業し、北辰時代は終わったと言われる今年、優勝候補としてまず挙げられるのは箕宿の他にはない。

「すごいな……篤志は」

『なん言いようとや。景星を優勝させせんってことよ?』

「あーそっか、そうなっちゃうのか。えー、単純に応援できないじゃん。ていうかだったらその条件おれに言うのずるいよなー」

軽口っぽく返してから、声のトーンをあえて落として。

「じゃあ篤志が慧明行くの阻止しないとな……って、もし言ったら?」

『望むところだって言うよ』

明快で強い言葉が返ってきた。

「だと思った」

浅野は声色を戻して小さく笑った。弓掛は同情を望んだりしない。

現実には今の段階で景星は箕宿の対抗馬とは目されていない。二人ともそれは認識している。傍目《はため》にはこのやりとりだって失笑ものかもしれない。

それでも弓掛はずっと待ってくれている。

必ず行くから……戦える場所まで。

『本音では直澄が羨ましか。直澄んちやったらこんな条件クリアせんでも、推薦取れればそれで行けるんやろうなって……』

親を選んで生まれたわけではないので浅野のせいではないが、「うん。ごめん……」としか浅野には言う言葉がない。家庭の余裕だとか、バレー選手にとってはどうしたって切要となる身長であるとか、弓掛のほうからも羨まれているものがあることは、長いつきあいなので知っている。どれも浅野自身の努力で手に入れたものではないので浅野が胸を張ることもできないが。

「でも篤志がそういう気持ちで自分を責めることはあっても、人を嫌ったりしないのも知ってるから」

電話口で弓掛の声が詰まった。浅野の言葉を繰り返すような時間分の沈黙があって、

『……うん』

と聞こえた。

「お互い違うものを持ってて、お互いに羨ましいと思ってるんだよな」

『持って生まれたもんとか、育った場所とか環境とかぜんぜん違うけど、福岡と東京でバレーはじめて、全国大会で会って……直澄と最初に会ったのって小六やったよな』

「全小のときだよね」

弓掛の中に初めて自分の存在が認識されたであろうときの光景を、心に焼きついた写真のように浅野は今も憶《おぼ》えている。クラブチームで出場した小学生の全国大会でのことだ。コートフロアで練習中、どこかのチームから転がってきたボールに二人の選手が同時に気づいて追いかけた。

小柄で威勢は人一倍の福岡の少年と、ひょろりと背が高くておとなしい東京の少年が、体育館の床を転がる一球のバレーボールを挟んで、そのとき出会ったのだった。

『去年の北辰の奴らのことはさ、なんで一コ上なんて近いとこにあんな奴らが生まれたんやっていうのはぶっちゃけるとちょっとはあるよな。けど直澄とは同じ学年に生まれてよかった』

憧《あこが》れてやまないこの素晴らしい選手であり好ましい人物に、そんなふうに言われるのがどんなに光栄なことだろうか——

「電話で泣かせること言うなよー」

と茶化して携帯の送話部を手で押さえ、ひととき上を向く。

涙が引いてから、

「今年は同じ学年に生まれたこと後悔させてやるよ」

『そうこんとね。首洗って待っとる。まずは夏——絶対来いよ』

メールに書かれていた激励の言葉を弓掛があらためて口にした。

福岡での練習試合のことだけではない。必ず全国大会に来いという意味もこめられた言葉だ。景星としてはまずは東京都代表枠を死守せねばならない。春高が三枠あるのに対してインターハイは一つ少ない二枠。今の景星の力を思えば厳しい代表争いになる。

おやすみ、と言いあって弓掛とは電話を切った。

自分の手で温まった携帯を浅野は見下ろした。「……よし」と気持ちを切り替えてメールを一本送る。

〝今おれの部屋来れる？〟

チームの今の状況をなんとかするところからだ。でないと弓掛と同じ土俵にあがるレベルにも至らない。

反応があるか若干の不安を抱きつつそのまま携帯を持って待っていたが、思ったよりもすぐに返信が来た。

〝五分後でいいですか〟

〝いいよ。待ってる〟

と返信し、そのあいだに洗面所に立った。

顔を洗って戻ってくるとベッドの上で携帯が光っていた。また弓掛から……？　前髪を拭きながら見下ろすと、光が消える直前の画面に先ほど弓掛が話題にしたばかりの名前がでているのが目に入った。

「広基さん……！」

浅野は携帯に飛びついてメールを開いた。

〝佳樹《よしき》からメールあった。下から突きあげ食らったって？〟

菊川佳樹は中学では自身も選手だったが、高校では最初からマネージャーを希望して入部したという男子マネージャーだ。

文面はぞんざいだがこれが佐々尾なりの心配の仕方だ。

〝面目《めんぼく》ないです。勝てないのは三年のせいだってはっきり言われました〟

まだ佐々尾の手もとに携帯があるだろうと思って返信を送った。

〝逆よりいいんだよ。負けたときに下に謝られるほど上にとって苦しいことはないぜ〟

届いた返信の文面を浅野は何度か反芻《はんすう》して意図を読み取ろうとしたが、そのときノックの音がした。

「山吹です」

時間を見るときっかり五分後だった。「どうぞ」と応《こた》えるとドアが十センチほどあき、山吹が警戒したような顔でまず室内に視線を走らせた。

「メール一本返すまでちょっと入って待ってて」

と言って浅野は手早く佐々尾に返信を打った。

〝今年の一、二年はそんな心配なさそうですよ。でも戦力としては最高に頼もしいんで。今年必ず日本一を獲ります〟

一度読みなおしてから送信した。「ごめん。おまたせ」と顔をあげると、山吹がまだ戸口に突っ立っていた。寮内は一応スリッパ履きだが靴下だけで自室から来た足がドアの敷居を踏み越えずに廊下側にある。

「直澄さん一人ですか」

「そうだよ。入ってそこ座れよ。今風呂行ってるから」

浅野は勉強机の下に入っているルームメイトの椅子を顎《あご》で示し、自分の椅子を部屋の中央まで引いてきて腰かけた。

山吹がなにか胡乱げな表情で入ってきてドアを閉めた。中学時代に観戦したときの土産であろう数年前の春高の大会記念Tシャツにパーカーをはおった部屋着姿だ。示された椅子をちらりと見たものの近寄りはせず、立ったまま口を開いた。

「……三年に謝れって言われたら頭は下げます。思ってても言うべきじゃなかったっていうのは反省してるんで」

まあ謝る顔はしてないなと浅野はやれやれと思う。謝りなさいと怒られたから渋々ごめんなさいする子どもの顔だ。

「思ってはいるんだ。三年にはレギュラーの力がないし、主将はやる気あるのかないのかわからないって」

「……思ってはいますね」と山吹がぶすっとして答えた。

なるほど、とどうも挙動不審な入室の仕方の理由が腑《ふ》に落ちた。

「三年が集まってるところに呼びだされてシメられると思ったわけか」

肯定の証拠に山吹の肩が強張《こわば》った。

あれだけ上を見下した本音をぶっ放しておきながら上下関係の意識はちゃんとあるんだなということが意外でもあったし、集団リンチを受ける覚悟をした上でメールにすぐに返信して姿を現した根性の据わりようには感心もする。

「そんなことしないよ。っていうかその発想もなかったよ」浅野は椅子を立ち、床の上にあぐらをかいた。自分の前を指先でつついて「座れって。立ったままじゃ話せない」

主将の立場になって一番怖いと思ったのは、チームが崩壊することだ。今日の騒動で危機感が強まった。いつまたこんな修羅場になるかわからない。弓掛のように天性のキャプテンシーで人がついてきてくれるような柄ではないから、そういうときにコミュニケーションを自分から放棄しては、きっと取り返しがつかなくなる。

ようやく山吹が中まで踏み入ってきた。浅野と向かいあって腰をおろしたがまだ硬い表情で口をへの字に曲げている。

やわらかい口調で諭すように浅野は話しだした。

「三年全員の前に誠次郎を引っ立てて謝れって言って謝らせたら、一応落とし前はつくんだろうけど、おれはそういうことはしたくない。景星をそういうチームにはしたくない。創部十年のまだ新しいチームだよ。部の伝統とか雰囲気とかルールとか、おれたちの行動でこれから決まっていく。そんなリンチみたいなことが一度でもあったら、これからの景星に絶対にいい影響はない」

最後は語調を強めて言い切った。

真下を向いて聞いていた山吹の目線が途中から二人の中間のあたりに移っていた。返事はないが、なにか考えるように目を開いて床を見つめている。頭の回転は抜群に速い部員だ。たぶん理解はしてくれている。

「若槻先生は部員に高校で一番いい思いをさせてやるって言ってるよな」

と浅野は話を変えた。あぐらの上で前屈みになって山吹のほうに身を乗りだすと山吹がつられたように目をあげた。浅野と目があうと気まずそうに視線を逃がし、

「はあ。入部したときに聞きました」

その思想のもと若槻は「男子高校生なんてかっこつけたほうがテンションあがるだろ」と言って憚《はばか》らず、予算を使ってユニフォームのデザインを発注したりしているので、

学生スポーツにおいてそういう派手なことを快《こころよ》く思わない学校内外の人々から歌舞伎《かぶき》者《もの》扱いされているのである。

「先生ははっきり否定してくれたからもちろんそんな気はないんだろうけど、でも仮に今年が来年完成形になるための途中の段階のチームだとしても、最終学年にとっては今年が最後だ。レギュラーでもそうじゃなくてもそこに違いはないし、もちろんどんなチームでも、強くても弱くても。それは頭に置いておいて欲しい」

「……はい」

言い返さずに山吹が素直に頷く。肩肘張って入ってきたときと違ってしゅんとしている山吹の膝を浅野はぽんと叩いた。

「もういいよ。三年にもおれから話すからフォローしなくていい。あとは豊多可だな……明日あいつ休まないといいけど。正式入部する前に希望のポジションやれないなんて聞いたらそりゃショックだよ。三年のフォローはしなくていいけど、一番落ち込んでるのは豊多可のはずだよ」

「あー……。そりゃそっすね……」

思い至らなかったことが痛恨だったような顔で山吹がもごもご言ってうなじの髪を掻きまわした。

部屋を辞し際、座ったまま見送る浅野を山吹がふと振り返った。

「今年の主将って消去法で決まったと思ってたんですよね、おれ」

「いやまあわりと間違いじゃないけどね……。柄じゃないとは思ってるよ」

「リーダーシップ気取って勘違いした方向示すような奴よりよっぽどましでしょ。おれなんか上に目つけられること多いですけど、ちゃんと言語化して説得してくれる人初めてです。……信用しますよ。直澄さんは本質を間違わない人だと思います」

忌々《いまいま》しい実体験でも思いだしたのか辛辣《しんらつ》なことをずばっと言う口の悪さには相変わらず閉口するが、納得すれば惜しまず評価をあらためてくれるのは、頭の回転の速さだけでなく性根のよさゆえだろう。こういう部員が二年の中心にいることは浅野の幸運だ。

「ありがと」

と浅野はちょっと照れて微笑んだ。今のうちに山吹と話をしておく機会ができたことは結果的にはいい方向に働いたように思う。

山吹がノブに手をかけたときちょうど外からノブがまわる音がし、湯気と石鹸《せっけん》の香りが入ってきた。ルームメイトが戻ってきたようで「誠次郎……来てたんだ」と驚く声が聞こえた。ドアの前で山吹が一瞬固まったが、フォローしなくていいと浅野が言ったことに従い、きちんとした一礼だけしてすれ違っていった。

＊

翌日、春休み中のため練習は午前中からはじまったが、まだ正規部員ではない新一年は午後からの参加になっていた。

昼休憩が終わる頃に附属中のエナメルバッグを担いだ豊多可が体育館に現れた。いつもは入ってくるなり人一倍元気よく「こんにちはッ!!」と存在感をアピールするので静かに入ってこいと逆に注意されるくらいだが、今日は「ちわ」と言ったか言わなかったかくらいの声で挨拶し、なんだか猫背気味に体育館の隅を通ってバッグを置いた。山吹が声をかけあぐねてその様子を目で追っていた。

中学卒業時で一八〇センチ近くという将来有望な長身選手だ。セッターでもなければスパイカーでもなく、リベロに育てたいと言われたら本人でなくとも何故？とは思うだろう。こんなにいいプレーヤーのバレーへの意欲が削《そ》がれるのはあまりに惜しい。

集まった者から順次午後のアップをしている最中に若槻も現れ、練習開始前に全員が集合した。

「午後は新一年も入れてゲーム形式でやります」

菊川から練習内容とチームの分け方の説明があったあと、

「先生、おれ今日リベロで入ります」

と浅野が若槻に申しでた。すっかりやる気がなさそうな態度で一番後ろに立っていた豊多可がリベロという単語に過剰反応し、ぱっと顔をあげてこちらを見た。

「豊多可。昨日誠次郎が言ったことは全部が暴言じゃない。誠次郎から正セッターを奪いたければサーブを磨け。フローターでもスパイクサーブでもいい。サーブを武器にしろ」

豊多可がサーブに重きを置いてこなかったことは春休み中の練習を見ていればあきらかだった。ぐうの音もでず豊多可が黙り込んだかわりに、前の列にいる山吹が少々咎《とが》めるように「直澄さん？」と呼んだ。

昨日はサシで呼びだしておきながら、今日は全員の前で豊多可を槍玉《やりだま》にあげるようなことをしている意図を訝る山吹に浅野は目配せし、豊多可だけでなく新一年生全員を見渡して続けた。

「ただリベロもやってみたら面白いはずだよ。リベロはやりたくないって思ってる新一年は他にもいると思うけど」

他にもいるどころか全員が図星を指されたような反応をしたので「おーい、全員か。ポジションに貴賤《きせん》なしだよ」と浅野は鼻白む。豊多可に限らず春休み中から志願して高校の練習に参加している者ともなれば中学でも各ポジションですでに力を認められている。〝攻撃の景星〟で頭角を現してレギュラーを取ろうという意欲に燃えている者たちだからこそだが。

「景星のリベロの最大の仕事は守りじゃない。セッターがツー（セカンドタッチ）を操るスパイカー陣の司令塔なら、リベロはワン（ファーストタッチ）を操ってセッターを含めた味方の攻撃を組み立てる。うちに守備専門の選手はいない。攻撃の一打目の仕事ができるリベロが欲しい。——景星の全国制覇のために」

まだ疑わしげに表情を曇らせている豊多可の瞳に、それでも小さな興味の光が射《さ》すのが確認できた。

「ははっ」

と、袖に退いて聞いていた若槻が興に入ったような笑い声を立てた。

「これが今年の主将だ。景星のバレーを誰より理解してる奴だぜ」

どちらかというと悪者じみた会心の笑みを浮かべて若槻が一歩進みでると、部員たちの前で明言した。

「豊多可。又聞きした話で勝手にむくれてねえで、文句があるなら直接おれんとこに理由を聞きにこい。どのポジションがなんのためにどう働くのか、膝突きあわせて教えてやる。我慢して受け入れろとは言わない。面白くねえことやってても上手くなるわけねえからな。ただ、意味がわかれば断然面白くなるぜ。

一番面白いバレーをやろうぜ。高校で一番いい思いをさせてやる」

新入部員たちの顔が熱っぽく輝いていく。山吹たちの代は一年前に聞いた演説だという顔になり、浅野たちの代は三年続けて聞いている演説に苦笑気味になるが、襟を正して三年目への気持ちを新たにする。

「一番面白いバレーが一番強いバレーだ。日本一を獲ってそれを証明したい。日本一になればうちのやり方に追随《ついずい》する学校が全国で増える。高校レベルに景星のバレーが広まる。頭の固い年寄りも黙らせられるしな。そのための実績がいる」

7. SHIELD BREAKS

決まるという確信をもって灰島が使ったツーに「——の、やろっ！」と佐藤が反応した。だが両利きの利がある灰島のツーは単に〝落とす〟以上のコントロールと威力を備えている。スパイク並みに鋭いコースに叩き込んだツーが佐藤のワンハンドレシーブを吹っ飛ばした。

清陰13－13景星。第二セットは点差が開かず両チームがっぷり組んで中盤を迎えている。

清陰の得点になり佐藤が悔しそうに平手で床を叩いて起きあがったが、灰島も汗を拭って舌打ちした。山吹と佐藤には何度もツーに反応されている。ツーは相手の守備に反応させないための奇襲だ。拾われなくても反応されただけで心外ではある。

　黒羽と棺野へのプレッシャーがきつかったので隙をついて自分で決めた。使えるスパイカーは他にもいないわけではなかったが、自分の判断で使わなかった。

「灰島。小田があいてたやろ」

　青木に言われ、灰島は「……わかってます」と答えて小田を振り返った。「もっとあげてきます。小田さんももっと呼んでください」

　小田が一瞬驚いてから「……ああ。来い」と表情を引き締めた。

　一方の清陰は荒川にサーブでプレッシャーをかける。荒川のレセプションが大きく返りすぎ、ネット間際にボールがあがった。

「セッター打ってくるぞ！」

　清陰コートで声があがる。自ら打ちに来た山吹に青木がブロックにいく。「――ミドル！」灰島が怒鳴った瞬間、山吹が指先でボールをはじいて頭の後ろに浮かせた。ワンハンドでのバックセットという小憎らしいテクニックで青木をかわし、ひゅっと山吹が頭を下げたところを、片足踏み切り《ブロード》で流れてきた一瀬が打ち込んだ。

　と、至近で着地した青木と山吹が同時に転倒した。ネット下で接触があったようだ。

「青木！」

駆け寄った小田に手振りで無事を示して青木はすぐに立ちあがったが、山吹がまだうずくまっている。

「すまん、平気か」

青木がネットをくぐって山吹に声をかけた。景星側でも浅野がいち早く駆け寄ってきて山吹のそばに屈む。山吹が浅野に肩を借りてつま先をつきつつ立ちあがった。

山吹と青木が軽く手をあげて挨拶を交わした。だが双方スポーツマンらしい振る舞いをして背を向けてから、山吹が「くっそ!」と苛立ちを口にした。またネットをくぐって自陣に戻ってきた青木が背中に聞こえた悪態に肩を竦め、集まったチームメイトにやれやれという顔をした。

「さっき冷やしてたとこやろな。ちょうど上におりて踏んでもた」

「おまえは平気やったんやな?」

「まじ平気ですか? 青木先輩に今なんかあったら洒落にならんですよ」やいやいと心配するチームメイトを青木が「平気や平気や」と手を振って散らせた。

山吹はこのまま続投のようだ。しばらく右足のつま先をついてぶつくさ言っていたが、次のプレー時には問題はなさそうだった。

下を見るより常に上を見てネット際ぎりぎりでジャンプする特性の競技ゆえ、着地時の下肢の接触はどうしてもしばしば発生する。ネットを挟んだ敵どうし、あるいは並んでブロックに跳んだ味方どうしでも起こりうる。ただ足を踏まれた側が大きな怪我をすることは通常あまりない。踏んだ側のほうが捻挫《ねんざ》等を負うリスクが高い。

景星サーブから試合再開だ。清陰は第一セットに山吹のサーブで苦しめられたS3ローテのレセプションになる。だが第二セットは景星がローテをまわしてきたためマッチアップが変わり、このローテのサーバーは荒川だ。

荒川は黒羽と同じタイプの破壊力のあるスパイクサーブを打ってくるが、これも黒羽と同じでコントロールは甘い。外尾、小田、棺野でサーブを迎えてレセプションをきっちりあげた。

スパイカーの数が揃うレセプションがあがればそうそうブロックに捕まえさせはしない。Aクイックに入った青木にセンターブロッカーが一瞬反応した隙に、黒羽がバックアタックを打ち抜いた。これで清陰14－14景星。

黒羽が前にあがって小田がサーブに下がる。荒川のスパイクに青木と黒羽でワンタッチを取るが、大きく吹っ飛んでブロックアウト。清陰14－15景星。

景星サーブに変わると灰島は青木にまたAクイックのサインをだした——青木が眉をぴくりと動かした。

レセプションがあがって青木がAクイックに入る。その後ろから「ヘイ！」と呼んで飛び込んできた小田に灰島はトスを飛ばした。足の長いバックアタックを打ったが、佐藤に劣らずフロアの守備がいい浅野が落ち着いて拾った。小田で決めきれずに攻守が逆転する。

爾志が前にいるためCクイックがある。青木・黒羽がライト側を警戒した隙に山吹が逆をついてレフトに長いトスを通した。二人振られたためレフトへ行けるブロッカーは灰島一枚——と、一瞬逆側へ振られた青木が足を返して灰島を追いかけてきた。

二枚でシャットアウトし、景星コートにボールが沈んだ。

清陰15-15景星。サイドアウトの取りあいが続く。引き離されはしないもののなかなか景星の前にもでられない。

「呼んどいてすまん。次は……」

謝りに来た小田の前に青木が手をだして遮り、灰島に向かって言った。

「引き離すチャンスやでクイックも使え」

「……はい」と灰島は答えたものの青木の顔を見返して、「本当に足なんともないんですか」

小田もはっとなって青木を見た。

「山吹か。また接触すんのにビビってんな。真ん中使うん避けてるで、ブロックはサイドに割り切ってくぞ」

黒羽、そして前衛にあがる棺野も呼んで青木が指示する。答えをはぐらかされたような感覚を灰島は訝しんだが、「おまえのサーブやぞ」とサービスゾーンへ追い払われた。

灰島サーブとなるここで何点でもブレイクが欲しい。景星も次が山吹のサーブなのでブレイクを狙っているはずだ。その前に終盤に向けて主導権を握っておきたい。

荒川を狙ったサーブを突っ込んだ。だが佐藤がおれの仕事だと言わんばかりにカバーに入り、荒川にレセプションを取らせない。

青木が言ったとおり山吹は真ん中を使ってこない。黒羽・青木が荒川の前にブロックを揃える。高い二枚ブロックがプレッシャーになり、荒川がバックアタックをふかしてアウトとなった。

清陰16－15景星。やっと一点抜けだした！

山吹のトスがわかりやすくなっているためたしかに引き離すチャンスだ。サーブ二本目、荒川を狙って攻撃から引き剝がす。

サーブが荒川を直撃するのを見ながら灰島はすぐさま後衛の守備についた。荒川が体勢を崩したため山吹が対角の檜山にトスを振った。

ディグに構える灰島の目の前で味方ブロッカーの足音がどどどっと床を震わせる。棺野の足を追いかけてきた青木の足が床をぐっと踏み込んで跳びあがる。

後衛にとっての前衛は、三メートルを超える高所から時速百キロを超えるスピードで自陣に撃ち込まれる弾丸の威力を削ぐ楯《たて》だ。楯がなければ後衛ディガーは凄まじい威力とスピードでフロアに到達する弾丸に守るもののない身を直接晒すことになる。

檜山がブロックを避けてラインを狙ったが、惜しくもラインを割ってこれもスパイクアウト。執拗についてくるブロックを意識した景星スパイカーに連続ミスがでた。

清陰17－15景星。これで、

「二点差ぁーっ！　突き放せぇー清陰ー！　ブロック一本ー！」

三連続得点にスタンドの応援団がわく中、灰島は三度《みたび》サービスゾーンでボールを構える。

ブロック一本、じゃねえんだよ……。レセプションを崩すだけでは結局ブロッカーを跳ばせることになる。一点のあいだでも二点のあいだでも跳ばせないためには、サーブで点を取る。

打った瞬間、狙いすぎたかと舌打ちがでた。

「アウトぉー！」

佐藤が声を張りあげて見送った。エンドラインを割ったサーブがサイドスローで川面に投じた小石のように浅く跳ねて防球フェンスの向こうへ吹っ飛んでいった。

「ナイッサ、灰島。二点取りゃ上出来や」

コートに戻ると仲間にねぎらわれた。ただ必ず真っ先にフォローしてくる小田からの声がない。フォローが必要なわけではないが灰島は小田をちらと見やった。

小田は灰島の視線に気づかず青木を見ていた——ボロをださないポーカーフェイスから痛みの程度を読み取ろうとするように。青木はおそらくわざと小田の視線に気づかないふりをして目を逸らしている。

踏んだ側のほうが捻挫のリスクが高いのだ。

灰島のサーブを三本までで凌いだ景星の次のサーバーは山吹。清陰側スタンドにかわって景星側スタンドが大きな期待で盛りあがる。ここで山吹のサーブが来るのは清陰には厳しいが、次のサイドアウトを取れば青木を後衛に下げられる。

山吹のサーブも狙いすぎた。ネットすれすれを通過する軌道で襲ってきたサーブが白帯に引っかかった。だがボールの底が白帯をこすって浅く跳ね、清陰側にネットイン！

「っと！」

手前にいた青木がフロントゾーンに落ちたボールに飛び込んで間一髪拾った。棺野がカバーして黒羽まで繋がるが、強打で返せるボールではない。

「セッター狙え！」

灰島は黒羽に怒鳴った。黒羽が山吹を狙ってボールを返す。目の前めがけて突き返されたボールを山吹がとっさにオーバーハンドで取った。

これで山吹はトスをあげられないが、とっさの反応ながら山吹は浅野がいる場所を見てセットアップを託している。これが景星の強みだ。

「クイック！」

浅野からミドルにトスがあがった。立ちあがったばかりでブロックに跳びきれなかった青木の頭の上から速攻を打ち込まれた。

身体を折って膝に手をついている青木をネット越しに浅野が観察するような目でしばし見ていた。

清陰からタイムアウトが申請された。誰が取ったのかとコート上の選手のほうが驚いてベンチを見ると、副審のもとからひょこひょこと戻ってきた顧問がなにもしていないような顔でベンチに腰を落ち着けた。

灰島は青木に目を戻した。小田、棺野も異変を確信した視線を青木に向ける。青木が上体を起こして舌打ちした。

「内村と交代してください」

ベンチ前に集まった仲間の前で棺野が青木に進言した。後衛からいつも前衛が見えている外尾も気づいていたようで「足痛そうっすよね……交代したほうがいいですよ」と棺野に賛同したが、ウォームアップエリアから合流した大隈と内村、それに黒羽の三人はそれで初めて驚いた顔で青木を見た。

「内村は小田んとこでワンブロででなあかんやろ。交代枠を潰すわけにいかん」

「そんなこと言ってる場合じゃ……」

「このセット取らんと終わりなんやぞ」

取りつく島もない言いようで青木が棺野を撥《は》ねのけ、末森の手からタオルとドリンクをむしり取って円陣を離れた。

「小田先輩……。おれたちが言っても埒《らち》があきません」

棺野が小田に助けを乞《こ》う。選手交代は最終的には当然小田でもなく監督の権限だが、顧問はタイムを取っただけで選手たちの話しあいに口をだす気はないようで知らんぷりしている。

青木の背中を見つめて小田が歯嚙みをした。

「わかってる。無茶はさせん。おれが判断する……」

一セット失っている清陰にとってはあとがないセットだ。今青木が抜けたら景星の高さに押し切られて坂道を転げ落ちかねない。

小田は勇気ある男だと灰島は思っていた。だが、今の小田は青木を下げることを怖れている……。

タイムアウト終了のホイッスルが鳴ると青木が一番先にコートへ戻っていった。

歯痒《はがゆ》そうにそれを見送った棺野が「とにかくアップしとけや。末森さん、アイシングとテーピングできるようにしといて」と内村と末森に指示をだした。「お、おう」「は、はい……あっ、うん」緊迫した面持ちで二人が了解し、他のメンバーはコートに戻る。

タイムを取ったのは清陰だが、景星のほうがぎりぎりまで円陣を組んで話し込んでいた。拳を集めて気合いを入れたあと円陣がほどけ、景星のメンバーもコートにでてくる。浅野と山吹が並んで歩きながら最後まで言葉を交わしている様子が見えた。

景星がブレイクしているためタイムを挟んで引き続き山吹のサーブだ。清陰にとって踏ん張りどころになる。

山吹のサーブ二本目、またネットイン！　ミスすれすれのサーブを立て続けに打ちながらそれでも入れてくるのは瞠目《どうもく》すべきテクニックと勝負強さだ。

今度は白帯に高く跳ねあげられてゆるい軌道の球になった。外尾が中に入ってしっかりレセプションをあげ、その間にスパイカー陣がコートに展開する。

セッターからのトスの到達時間によって、基本的には近いスパイカーから遠いスパイカーの順でスパイク準備が整う。言うまでもないがいち早く跳ぶのがクイッカーの青木になる。遠いスパイカーは別の方向にトスがあがれば跳ぶのをやめることもありうるが、どこにあがろうが、無論自分にあがらなくとも必ず跳ぶのがおとりの役割も担うクイッカーだ。

どっちにしても跳ぶんだったら、使いたくなかろうが使わないことに意味もない。

腹をくって灰島が至近にあげたトスを青木がまたたく間に打ち抜いた。清陰18－17景星。ようやく青木を後衛に送れる。大隈が威勢よく前衛に戻ってくる。サーブに下がる青木が小田とすれ違い際、

「半周で戻る。交代枠使うなや」

と念を押していった。

青木がまた前衛に戻るまでにブレイクして点差を広げたかったが、一点ずつサイドアウトを奪いあって早い展開でローテが半周した。清陰21－20景星になったところで大隈がサーブに下がるとテーピングをしてくる暇もなく青木がコートに戻る。

前衛ミドルが青木になったので山吹がまたサイドに振ってくるかと踏んだが、予想を裏切って真ん中にトスがあがった。クイッカーは一瀬。だが一瀬の頭を越えてバックセンターに浮いたトスを浅野が打ち抜いた。青木が意表を突かれつつ頭上を通過するボールにぎりぎりさわった。作戦を変えてきたか——瞬時に頭を切り換えて灰島はコート外に逸れたボールを追う。

ボールに追いつく一瞬前に振り返る。灰島がボールにさわる瞬間には黒羽が必ずトスがあがってくるつもりで助走を取っている。コート外からのハイセットになり黒羽にブロックが三枚揃うが、端の山吹の手に思い切り叩きつけて吹っ飛ばした。

「よぉし、黒羽！」「青木先輩、ナイスワンチ！」

清陰22－20景星。久々にでたブレイクに清陰コートで明るい声があがる中、青木が忌々しげに景星コートを睨んで毒づいた。

「舐めやがって……勝つ気あんのか」

浅野が山吹に気にするなとジェスチャーで示している。涼しげな面差しに汗が浮かんでいるものの気負った様子はなく、笑みも見えている。勝つ気があるのかないのかわからない選手だと灰島も思う。

景星側も青木の足の異常にはとっくに勘づいている。山吹は青木が走れないと踏んで両サイドばかりを使っていた。

だがたとえブロックが届かなくとも、たとえトスがあがらなくとも、味方のプレーを生かすため、攻守において必ず跳ぶのが、もっとも献身的なポジションと言われるミドルブロッカーだ。

だから浅野は逆に真ん中を通そうとしているのか、と思い至ってはっとした。タイムアウト直前に浅野があげたトスも真ん中だった。

どちらにしても必ず跳ぶのであれば、その場で跳ばせたほうがまだ負担は少ない。

本当にそうだとしたら……甘すぎる。現在の景星は追う立場だ。悠長に構えてはいられないはずだ。

「まあほんならほれで勝たしてもらえばいいだけや。ご親切にセンターコート行きの道譲ってくれてどうもってな」

青木が普段の調子で飄々《ひょうひょう》と言った。

「このまま振り切ります」

と灰島も頷いたが、腑に落ちない感覚がどこか残った。

なにをもってしても勝利を摑み取る執念がない者が三年間もこの舞台に立ち続けられるとは灰島には思えない。ましてや優勝候補の一角を担う全国強豪の主将として弓掛篤志に肩を並べることを許されるプレーヤーが、そんな程度の覚悟でこの舞台に立っているはずがないんだ。

景星のレセプション・アタックはまたバックセンター。青木はその場でスタンディングジャンプになる。灰島が素早く中へステップして青木のヘルプに行く。

パイプじゃない、bick《ビック》（バックセンターからのクイック）か、これ！

前衛ミドルと同じスロットから後衛が時間差で真ん中を貫くのがパイプ攻撃だが、bickは前衛の横のスロットから後衛がほぼ同時に入ってくる。空中で一瀬を追い越してくるように浅野が現れて横に並んだ。

エネルギーをチャージして射出するような溜めがあるテイクバックではない。澱《よど》みなく流れるようなスイングから、肘から先が綺麗に伸びて高い打点でボールを捉える。決して強烈な特徴があるわけではないスマートなフォームの反面、大剣で肉を断つかのような厚みのあるインパクトの音が虚空を切り裂いた。

二枚ブロックにボールが飛び込んできた。叩き落としたと思ったが、ぎゅるんっという回転がかかったボールがブロックを押し込んで内側にズドンッと落ちた。吸い込み!!

なんだ……!? えぐいドライブかかってたぞ——。

足もとで跳ねあがったボールの震動とともに、ここまで浅野に感じなかった戦慄が脚を駆けあがってきた。

ブロックされたと思ったらしい景星側が三連続失点に一瞬愕然《がくぜん》となったが、主審が景星の得点を示すと「直澄さん、ナイスキー！」とよろこびが広がった。

試合開始から今に至るまで、弓掛に感じたような凄みや気迫を浅野からは感じないことを不可解に思っていたのだ。

なるほど、〝スロースターター〟……か。

浅野直澄、一番景星らしい選手じゃないか。

8. WALK THE HIGH ROAD

「誠次郎。あれじゃ2番《(青木)》が潰れる」

清陰が取ったタイム中、少々厳しめに言った浅野に山吹が口を尖《とが》らせた。

「わかってますよ。あっちが勝手に潰れようとしてんだからしょうがないでしょ。痛いんだったら突っ立ってりゃいいのに」

青木よりむしろ追い詰められたような苛立ちを滲ませて「なに考えてんだよ」と山吹が気味悪そうに清陰ベンチをちらりと振り返る。「まあな……」浅野もそちらを一瞥して目を細めた。

景星とは監督のスタンスが対照的なチームだ。年配の監督は選手に対策を伝えるでもなくベンチに腰を落ち着けており、清陰は選手たちだけで円陣を組んでいる。

「潰せばいいんじゃないですか？　ウィークポイント突いてなにが悪いんですか。あっちは控えいないも同然だし、2番下げさせればこのセットで勝てますよ」

と豊多可が口を挟んできた。

「ウィークポイントじゃねえ。アクシデントだ。後味が悪いのはごめんなんだよ」

山吹に本気で不愉快そうに睨まれて豊多可が「なんすか……」と怯《ひる》む。接触の当事者として山吹も責任を感じているのだろう。浅野は苛立っている山吹の肩を叩いてなだめ、豊多可を諭す。

「一人故障者がでたら終わりになるようなチームが四戦目まで戦ってきたんだ。そんな潰し方しなくていい」

「きれいごと言ってる場合ですか……うちがビハインドなの忘れてません？」

豊多可がぶつぶつ言ったが文句は尻すぼみになった。

「って言っても誠次郎、もうちょっと中使ってくれないとこっちが厳しい」

同学年のウイングスパイカーである檜山が山吹に要求した。サイドに振るという山吹の意図が清陰にも読まれている以上ウイングスパイカーの負荷が高くなっている。

「おれももっと気持ちいいの打ちたいです」

檜山の対角の亜嵐も不満そうだ。

話している最中にホイッスルが鳴った。三十秒とはこのくらいの時間感覚だ。それほど緻密《ちみつ》なことは話せない。

「どんなトスでも持ってこいとか言う健気《けなげ》さが足りないよね、うちのスパイカーはさー……」山吹が半眼《はんがん》でぼやいたが、肩から力を抜き、「悪い。雑になってた」と素直に受け入れた。

「どっちにしてもサイドは対応されてる。中を一度こじ開けよう」

浅野が最後にメンバーを見渡して言う。山吹が頷いて引き継いだ。

「ミドルとbick使っていきます。直澄さん、あげてくんでギア入れてくださいよ」

「――了解」

＊

中盤は一時青木にトスをまわすのを避けていた灰島がタイムアウト明けから本来の快刀乱麻っぷりでセンター線も使いだした。青木の速攻が決まり、景星21－23清陰。清陰が逃げ切りにかかる。景星もこのまま二十五点に飛び込ませるわけにはいかない。

「1番！」《(浅野)》

と清陰側で声があがってブロッカーの手が浅野の視界に現れる。考えろ——篤志だったらこの状況でどう打つ——？　滞空中の一瞬で判断する——上から打てるか、隙間を抜けるか、ブロックアウト狙いか——全感覚と思考の機能を最大限に引きあげて、決められる方法を。

バックセンターから打てる水平射角いっぱいを使ってブロックアウトを狙った。灰島の右手の小指を掠るか掠らないかで抜けたボールが清陰コートのサイドラインを数センチ割ってバウンドした。

線審がアウトを示したが、浅野はぱっと主審を仰ぎみた。

主審がブロックタッチのハンドシグナルをだすのを確認してほっと息をつく。青木がノータッチをアピールしたが、灰島が挙手して自らワンタッチを認めた。

ネット越しに灰島が鋭い目をよこした。狙って紙一重のブロックアウトを取ったことへの驚愕が不貞不貞しい顔に閃《ひらめ》き、挑発的に片側の口角が吊《つ》りあがった。

景星22－23清陰。このサイドアウトで山吹がフロントライトまでまわってくる。あと一つまわして山吹のサーブに逆転を賭けたい。

青木の状態を考えたら連続して使ってはこないだろう──と前衛が慎重にトスを待った瞬間、灰島が連続で青木を使う！　前衛は動けず、後衛で亜嵐と一瀬が左右からダイブしたが、ボールがバウンドしたあとを二人が交錯した。

景星22－24清陰。清陰が第二セットのセットポイントを握る。

「こっちが気ぃ遣ってやってんのに味方が容赦ねえの」

一瀬とかわってコートに戻ってきた豊多可がぶうたれた。開きなおったな……と浅野は顎をつたう汗を拭ってネットの向こうに目をやる。苦笑いする青木に灰島のほうは超然としてタッチを交わしている。

景星が次のサイドアウトに賭けているのと同様に、清陰のほうもこのサイドアウトを取って次のローテまで繋げば、勝てる、と賭けていたに違いない──清陰がS1ローテを迎え、サーバー灰島。

「さっこーーーい！　一本で切るぞ！」

豊多可が袖を引きあげて構えつつレセプション陣に檄《げき》を飛ばす。もとより灰島に二本目のサーブを与えた時点で清陰が二十五点に達してセットは終了する。一本で切る以外にこのセットを続ける道はない。

景星のレセプションはライト側から豊多可、亜嵐、浅野、檜山の配置になる。ここまで灰島のサーブでは豊多可・亜嵐がいるライト側が狙われており、レフト側は狙われていない。

が、レフト側にサーブが飛来した。珍しく檜山狙い——白帯を波打たせるほどのすれすれの軌道で景星の領域に入ったところで、戦闘機のアクロバット飛行のごとく右へ急旋回した——「!!」いや、おれか！

左肩から右へと落ちるシュート回転がかかったボールに浅野は右膝をつかされつつワンハンドであげた。山吹が「オーライ！」とボールの下に走り込む。

しゃがんだ体勢から浅野はぱっと前に飛びだして「誠次郎！」と呼んだ。山吹の手からパシュッとトスがあがった。爾志の後ろから浅野がｂｉｃｋに入る。何度も通すわけがないとばかりに清陰がブロックにつく。

スパイクカバーに飛びだしてくる豊多可の影が浅野の視界の端に入った。

正面を塞ぐブロックにスパイクをぶつけ、自陣側に落とした。「うおっと！」と豊多可が声をあげつつネット下でリバウンドを掬《すく》いあげた。しゃがみ込んで着地したところで浅野は頭上に浮いたボールをはっと仰ぐ。

「直澄さんっ、亜嵐！」

山吹の声に、頭上のボールをとっさに膝立ちでバックセットした。

浅野のあとを追いかけるようにバックゾーンから亜嵐が跳んだ。ｂｉｃｋの直後にもう一発同じスロットから来たバックアタックに清陰はノーブロックになる。バネに恵まれた体軀がムチのようにしなり、〝気持ちいいの〟を打ち切った。浅野と豊多可が慌てて避けて着陸路を亜嵐に譲った。

背筋が冷えるレセプションをさせられ、浅野は身体の暑さとは別の理由で噴きだした汗を拭った。

灰島がぎらぎらした目で挑発してくる。うちの部員もたいがいだがその上を行く向こうっ気の強さだ。皮膚を炙《あぶ》られるような視線に戦慄を覚えつつ、浅野はあえて真っ向からは受けとめない。一対一で戦ってるんじゃないんだよ……。

景星23－24清陰。意地の真ん中突破でもぎ取った一点で灰島のサーブを切った。

双方から真ん中、真ん中、真ん中、真ん中の応酬。だが性質は対照的だ。清陰のバレーが鋭利な刀で切り裂くバレーだとすれば、景星のバレーは両刃の大剣を振りおろして道を押し開く。

「誠次郎、頼んだぞ」

「おいしいとこですよー山吹さん」

「三点取れよ、三点！」

「はいよー。ご期待に応えて決めてきますか」

仲間の声に山吹がクールに応えてサーブへ向かう。かわって前衛にあがる浅野が山吹をサービスゾーンへ送りだす。肩に触れると、すかした態度と裏腹にさすがに力が入っていた。ぽんと肩を叩き、微笑みかけて背中を押した。

コートサイドから若槻が手でメガホンを作って「誠次郎！」と呼びかけ、指をさしてサーブの狙いを伝えた。山吹が神妙な顔で指示に頷いた。

山吹のサーブはここまで徹底してストレートコース、清陰のレフトサイドを狙っている。だがクロスに狙いを変えたサーブがライトサイドを突いた。

初めて山吹のサーブを受ける小田がジャッジに迷い、ライン際のボールに飛び込むのをためらった。

ラインいっぱいに入り、ノータッチエース！　ボールを見送った小田がインを示したフラッグに愕然とした。

「山吹さんナイッサあー！」

「終盤だけは絶対外さないよなーあいつ」

値千金《あたいせんきん》のブレイクがでて景星24－24清陰。賞賛と皮肉めいた味方からの声を浴びて山吹が再びサービスゾーンに立つ。

立て続けにライト側を狙ったサーブが今度は短いコースで小田の足の前を突く。小田がつんのめって手をだしたが上にあがらずボールは前へ飛び、そのまま景星側の領域に返ってくる。

「ダイレクトー！」

檜山がネット上でボールを捉えて清陰側に叩き込み、逆転の二十五点目——には、まだならない。飛距離のあるダイブで灰島がこれを拾った。

ボールを救うのと引き替えに灰島がフロアを勢いよく滑っていった。またボールはネット上空だ。両チーム陣地の境界線上に落ちてきたボールに爾志と青木の手が同時に届いた。押しあいになったが、気迫で青木にねじ込まれて爾志が尻もちをついた。

青木が肩で息をしながらネット前で仁王立ちして爾志を見下ろした。

今、どれくらい悪い状態なんだ……？　爾志に手を貸しつつ浅野は青木の表情を探ろうとした。が、青木がネットに背を向けると味方の声に軽い仕草で応えてサーブへ向かった。

景星24－25清陰。再び清陰のセットポイント。景星のほうは再び追いついてデュースを継続せねばならない。

清陰の後衛は青木、灰島、小田。青木がサーブのためリベロがいないターンで、ブロックがはじいたボールがコート外へ跳ねとんだ。一番近い青木がカバーに向かおうとしたが、きびすを返してエンドラインを踏み越えた直後がくんと体勢を崩した。やはり走れないか――

と、灰島がその脇を風のように追い越して走っていった。

内村と外尾が控える自陣のウォームアップエリアを灰島が猛然と突っ切ってボールの落下点に追いつき、転がりながら身をひねって打ちあげた。コートまでは距離が足りないが、体勢もなにもない体勢から恐ろしいコントロールで青木の真上に返っている。片膝をついていた青木がボールを仰いでなんとか立ちあがった。

「二段トスあがるぞ！」「7番《（黒羽）》マーク！」

景星側が守備につく。二段トスを託されるエースは黒羽だ。清陰側では棺野と大隈が黒羽のスパイクカバーに備える。と、

「――伸!!」

青木が怒鳴っていっぱいに高くトスをあげた。

景星の警戒の外から助走してきた小柄なスパイカーが突如フレームインした。

「1番《（小田）》！」

落ちてくるボールに向かって小田がバックゾーンから踏み切った。

「墜《お》とせ！」

上にはじかず下に落とせという意の自分の指示が荒っぽい言葉になった。高さと幅の

ある三枚ブロックが圧をかける。全力の跳躍をもってしても小田にとってはスパイクコースを完全に塞がれる状況だ。上にも横にも逃げ場のない壁に向かって打つことになる。渾身《こんしん》のスパイクの衝撃にブロックが揺れたが、突破は許さず跳ね返した。

清陰コート上にボールが高くあがった。小田のカバーにまわった黒羽がボールを見あげながらあとずさる。二歩、三歩、四歩……とあとずさり、エンドラインの外まで下がったところで、レシーブの構えを解いた。「アウーッ！」と明るい声をあげて黒羽が大きく広げた両手のあいだをボールが落ちた。

墜としきれず、ブロックアウト。

景星24－26清陰。第二セット終了。

小田が着地した場所で突然頭を抱えてしゃがみ込んだ。まるでセットを落とした側のように両手で頭を掻きまわしたが、すぐにはっと顔をあげてコート外を振り返った。二段トスをあげた場所に座り込んで最後の点の行く末を見守るだけになっていた青木が、ほっとしたように天井を仰いで床に大の字になった。小田がそちらへ駆けつける。その先では灰島が内村と外尾に助け起こされている。

浅野は自陣を振り返り、仲間を励ましてベンチへ促した。第三セットはセット前のコートチェンジはない。先行する側が十三点に至ったところでコートチェンジとなる。

第一セットを落としている清陰はこのセットを取って次のセットに繋ぐしかなかった。

とはいえ、このセットで相当の消耗《しょうもう》を強《し》いられたのはあきらかだ。もともと箕宿戦でのフルセットで清陰の体力は一度底をついている。それが同じ日の、たった一、二時間後にまたフルセットの試合をしようとしているのだ。

もう立ちあがってくるなよ……正直、そういう思いもある。

ぱち、ぱち、ぱちぱちぱちぱちぱち

が、浅野の思いに反して清陰の健闘を讃えるような拍手が会場に広がった。

Bコートの第二セット終了を待たずにA、C、Dコートは今日の全日程が終了し、ネットの撤去作業がはやばやとはじまっていた。応援団も引きあげ、無人になったスタンドが座席の色で黒く沈んでいる。四コート全試合が終了次第センターコートに設営替えされ、三日後の週末からいよいよクライマックスとなる後半二日間を迎える。

しかし帰りがけの人々が吸い寄せられるようにフルセットの熱戦に突入したBコートの上に集まってきて試合を観戦していた。夜の海のような色に沈んだ広大なスタンドの中でBコートの南北を挟む四分の一のスタンドだけが昂揚した人々の顔で明るく浮かびあがっている。応援団本体だけでは埋まらない清陰側のスタンドまで今は満席状態だ。

「せーいーん！　がんばれー！　負けんなー！」

周囲の拍手に後押しされて清陰の保護者たちががなり声を張りあげると、

「ゴーゴーレッツゴーレッツゴー景星！　ゴーゴーレッツゴーレッツゴー景星！」

景星の部員たちもメガホンを自校の応援団側に向けて応援を煽り、吹奏楽隊が『ダンシング・ヒーロー』で盛りあげる。秩序だった大音量の演奏が清陰の無秩序な応援を物量で押しのける。

ベンチで選手たちを迎えた若槻がスタンドを見渡して「ふん」と不愉快そうに鼻を鳴らした。

「ちぇっ、健気にスポ根やってるように見えるほうが可愛げあるんですかね。セット取られたのウチですよ？　同情するほど清陰弱くないでしょ。天才抱えて飛び級してきたような奴らじゃないですか」

「うるっせえんだよ豊多可。さっきからぐちゃぐちゃ文句ばっかり」

ぶうたれる豊多可にいい加減耐えかねて山吹の語調が荒くなる。豊多可がむかっとして言い返そうとし、山吹も苛立たしげに応戦しようとするので「なにやってんだよ」と菊川が鼻先を突きつける二人のあいだにドリンクボトルを突っ込んだ。

セットカウント1−1に持ち込まれた焦りが選手たちにあることは否めない。負けん気は百二十パーセントだが下級生ばかりだ。フルセットの末に競り負けた箕宿の姿を直前に見ているだけにどうしても頭をよぎるだろう。

「まあうちが可愛げがない強豪私立なのは事実だよ。景星のバレーは〝まっとうに強い〟バレーだ。それを示し続けていこう。勝って証明するしかない」

円陣の面子《メンツ》を見渡して浅野は落ち着いた口調で手綱を締めた。

徹底して狙うサーブで相手の攻撃力を削り、盤石の組織ディフェンスでとどめを刺す。なにかとアウトロー扱いされがちな若槻だが、実践するバレーはわかりやすいほど正攻法だ。

正攻法だからこそ、それを信じて貫ける今年の景星は強い。正面から全力でぶつかりあえるチームと相まみえれば、こんなにも痺《しび》れる〝伊達《だて》な〟バレーで会場をわかせる。

山吹にひと睨みされた豊多可が「わかりましたよ……」と膨れ面で頷いた。

「後ろ指さされるような試合はしませんって。おれだって直澄さんに胸張って優勝旗持ってもらいたいですから」

初めて豊多可からそんな思いを聞いたので浅野は「ん？」ときょとんとした。

「ちょっと待って、そんなこと今まで一度も言ったことないよな？」

「別に今急に思ったわけじゃないですけど。ずっと前からみんなでは言ってましたよ」

「みんなって……」

「みんなはみんなですよ。ねえ？」

豊多可が山吹に目配せすると、

「まあ別に、しょっちゅう口にだすようなことじゃないですしね」

山吹が斜に構えてそんなふうにうそぶいた。「ツンデレかますなよ誠次郎。おまえが一番言ってるんじゃん」と同学年につつかれて迷惑そうに顔をしかめてまわりを睨んだが、咳払いをし、あらたまってきりりとした顔で言いなおした。

「直澄さんに優勝旗を持たせます。今年、直澄さんが作ったチームで必ず全国制覇します」

「……作ったのは若槻先生だよ……」

面食らったまま浅野がぽつりと反論すると、菊川が苦笑してフォローした。

「直澄が作ったんだよ。春から一年かけて。直澄が広基さんたちを勝たせたかったって思ってるのと、今はこいつらだって一緒だよ」

春休みの激励会の一件以降、なにかが目に見えて変わったわけではなかった。浅野が白黒をなにもつけなかったので、誰かが制裁を受けることも、誰が誰に謝ることもなかった。四月になり一年生も正式に部の一員となって、当然のこと体育館でも寮でも毎日全員が顔をあわせないわけにはいかず、練習も寮生活も日々続いてきただけだと思っていた。

……こんなところまでスロースタートじゃなくてもいいのになあと、おかしいような、愛《いと》おしいような。

いつの間にかチームがちゃんとスタートを切っていたんだ。

〝負けたときに下に謝られるほど上にとって苦しいことはないぜ〟

今年の一、二年にはそんな心配はないなんて、あのときは逆に安心して佐々尾のメールに返信した。けれど自分が一番薄情だったのかもしれない。

謝らせるわけにいかなくなった。

今なら浅野にもわかる。おれのせいです、などと一年だった浅野に泣きじゃくられた佐々尾がどれほどの自責に苛《さいな》まれたか。負けてすみませんなんていう謝罪を後輩にさせたところで慰めになるわけがない。下にそんな責任を感じさせて卒業しなければならなかったことが、どれほど無念だったか。

「青木、第三セット下がりますね」

山吹が清陰側の動きに気づいた。短い溜め息には面倒な苛立ちから解放されることへの安堵が露骨に滲んでいた。

清陰はベンチ前ではなくウォームアップエリアのほうに下がって集まっている。床に座ってマネージャーの処置を受けている青木のかわりに内村がしきりとアップしているのが見えた。気負った様子の内村が他のメンバーに励まされている。

清陰の大幅な戦力ダウンはあきらかだ。逆に景星はここを獲り逃せない。

「青木を潰す必要はない。サーブとブロックとスパイクで、清陰を全力で潰す。

——覇道を行け」

魔王の野望みたいだよなと常々思っている自校のスローガンを、自分なりの信念をもって浅野は口にした。

景星の〝覇道〟は、部員たちにとって明るく照らされる道であって欲しい。

9. CHICKEN

「腫れてるやないですか！」

アイスバッグを患部に半ば叩きつけて末森が青木を叱りつけた。「おいおい……」と二年の何人かが控えめに突っ込む中、小田はソックスを脱いだ青木の腫れた足を見つめてただ立ち尽くしていた。

末森と入れ違いに老顧問が「どっこいしょ」と青木の前から腰をあげ、

「まあ捻挫やろのぉ」

「捻挫かって甘く見たら選手生命にかかわりますよっ」

緊張感に欠ける顧問の口ぶりに末森が顔をあげて非難する。

青木のほうからベンチに座るのを拒み、ベンチから離れたウォームアップエリアの床に腰をおろした。「ちょっと囲んでくれ」という青木の要望で周囲の視線から青木を隠すように他の仲間が円をなして立った。選手の怪我を隠すなどスポーツ倫理的に言語道断だ。そんな後ろ暗さを部員たちに抱えさせることも小田の信念に反する。

しかし今の自分に正論を言う資格があるとも思えず、小田は言葉を失っている。

「オーダーだしてきました」

棺野が審判にオーダー用紙を渡して戻ってきた。

「小田先輩？　どうしたんですか……」

いつもは「ああ」なり「ご苦労さん」なり答えていたはずだ。だが反応のない小田に棺野が眉をひそめた。疑問形だったが咎める色も少なからずまじっていた。

諦めたように棺野は浮き足立っている内村に声をかけにいった。

「内村、頼むぞ。あちこち埋めてもらってすまんけど」

第三セットは青木のポジションに内村を入れてスタートする。内村はバランスのいい選手だが普段はウイングスパイカーの交代要員だ。ましてや全国大会でミドルブロッカーを務めるなど当然初めてになる。

本職のミドルブロッカーが自分だけになる大隈まで内村に負けず劣らず浮き足立っており、青木にアイスバッグを渡したあとはまた別の仕事で働きまわっている末森から叱《しっ》咤《た》が飛んだ。

「なんて顔色してんや内村。大隈、あんたもやぞ。怖《お》じ気づいてるんやったらわたしがかわりたいくらいや。わたしかってせっかく来たんやで一瞬くらいうっかり試合でてみたいわ」

「い、いやいや末森さんはでれんやろ」

「当たり前やろがっ！　冗談じゃっ！」

コートに立つことができない立場の末森がコートに入る誰よりも鼻息荒く一喝し、大隈をたじたじとさせた。

「あんたたちでそんなんやったらわたしが歯ぁ立つわけないやろ。こんなすごいレベルの試合でてったって、わたしやったらなんもできんし……あんな相手と戦ってるだけで、みんなすごいんやよ。よう戦ってると思う。なんべんも見てられんくなって、目ぇつぶりそうになった……」

尻すぼみに声が低くなり、語尾を震わせて顔を伏せる。身体の横で拳を握る末森の足もとで青木がさすがに決まりが悪そうに横を向く。「末森さん……」棺野が気遣わしげに呼ぶ。まわりで聞く部員たちもみな口をつぐんで視線を下げた。

「腹立つくらいかっこいいチームやな、景星は。東京やでってなんか上から見られてる気ぃするし、ユニまでスカしてるし、全校応援びっしりやし、あと制服お洒落やし女子もかわいいし……」

なにかぶつぶつしたこともまじったが、

「ほやけど、そんなことよりなによりも、バレーがかっこいいやないの。高くてパワフルで、スピード感あって、ダイナミックで、これが男バレやっていうかっこいいとこいっぱい見せてくれる。見ててあんな胸が空《す》くバレーないわ。なあ、そう思わん？　なあみんな……」

と、いつしかまた声に潑剌《はつらつ》さが戻り、

「わくわくせんか？　これこそ男バレやろ？　これがみんながやってるバレーやろ？」

黒から白へ駒を返すように、はたはたと顔があがって驚いた視線が末森に集まった。

「シケた顔してえんと元気だして。最終セットや。胸張って戦おう」

「スパイカー全員トス呼んでください。勇気だして呼んでくれれば、チャンスはおれが必ず作ってトスあげます」

末森の励ましを引き継いで部員たちの足の下からもう一人声をあげる者がいた。

青木を囲んで輪を作ったメンバーの足もとで一人だけしゃがみ込んでいる灰島だ。負け試合のボクサーさながらにかぶったタオルの下から発する声はカンナのひと削りたりとも戦意が削られていないが、現状立っていることもできていない。青木があきれて

「おれ以上にこいつの心配するべきやろ」と顎をしゃくった。

「ただし怖じ気づいてるスパイカーに決めさせる方法をおれは知りません」

内村と大隈が強張った顔をしながらも「おお……おうっ」と応えた。

灰島の言葉は間違いなく小田に対してのものでもあったはずだ。だが小田は応えられなかった。自分も怖じ気づいていると、プライドが邪魔をしてみんなの前で言えなかっ

た。

＊

内村を青木の場所に入れただけではセンターブロックの高さが極端に下がるためフォーメーションに手を入れる必要がある。内村が前衛時は棺野か黒羽が真ん中に入ってセンターブロックを担うことになった。鹿角山の川島のポジションはミドルブロッカーではないが、ブロックの際はミドルとスイッチしてセンターブロックを務めていたことを念頭に置いた作戦だ。

バンチ・リードブロックにおいてセンターブロッカーにかかる負担は大きく、その責任は重い。センター攻撃をとめるのはもちろん、左右どちらのサイド攻撃にも必ずヘルプに行き、サイドブロッカーを一枚では跳ばせない。ブロックが成功しなくともコースを塞いでフロアを守るディガーへスパイクを誘導し、あるいはワンタッチを取ってディガーに託す。

S2ローテは青木がいれば前衛が黒羽、青木、灰島とチーム最高の高さになるローテだが、今はここが内村のため景星に対して大きなプレッシャーをかけられない。

黒羽をセンターブロックにしてワンタッチを取り、外尾がワンタッチボールを繋ぐ。

ブロックから着地ざま灰島が即座に足を返して繋がったボールの下にダッシュする。黒羽もまたブロック後に足をとめることなくセンターからサイドまでぐるっとまわって助走してくる。

黒羽が景星のブロックを打ち抜くが、フロアで手を広げて待っていた佐藤が身体であげた。ドゴンッという音が爆《は》ぜて佐藤を吹っ飛ばしたがボールは真上にあがり、後ろでんぐり返りして腹這いで起きあがった佐藤が「っしゃ任せろ！」と気を吐いた。

金城鉄壁のディフェンスから景星がすぐさま反撃に移る。スパイクしたばかりの黒羽がスタンディングジャンプでのブロックになり、ブロックの上から打ち込まれた。

棺野が前衛にあがって灰島がサーバーになるＳ１ローテも普段であればＳ２と並ぶ清陰の勝負ローテだ。灰島のサーブでレセプションを崩すも、エース荒川の豊かなバネから繰りだされる強打がまたしてもブロックの上から打ち込まれて清陰コートを抉《えぐ》る。

内村の速攻の入りがどうしてもおっかなびっくりになり、ブロックに狙い撃ちにされる。それも織り込んでトスをあげた灰島が自らカバーに突っ込む。だがネット下で顔をあげた瞬間、ブロックに押し込まれたボールを顔面で受ける形になった。「灰島！」さすがに灰島もあげきれずボールとはじきあって倒れ込んだ。

箕宿戦では最後まで気持ちを呑まれることなく勝利を信じて戦い抜いた。戦績でいえば箕宿のほうが景星より強敵だったはずだ。だが、この景星戦のほうが小田には遥かに勝利が遠く思える。

十年を投じて全国制覇を目標に掲げるにふさわしいチームを作り、万端の準備で乗り込んできた景星の前に、自分たちのようなちっぽけなチームがこの舞台を踏むのは早かったのではないか……という思いが浮かんでくる。春高に行くという夢を押し通してここまで来たが、自分のわがままで後輩たちを潰そうとしているのではないかと……。

灰島が額を押さえてゆらりと立ちあがった。

「内村さん、自信もってトス呼んでください。——スパイカー全員、もっとトス呼んでください」

しつこいくらいに繰り返し言う。喋るだけで大儀そうだというのに、地の底に潜るようにどんどん低くなっていく声は凄絶《せいぜつ》さすら帯び、気迫はわずかも衰えていない。浅い呼吸で揺れる肩から凄みのオーラが立ちのぼる。

次のサイドアウトでやっと大隈が前衛にあがる。今までになく大隈の帰還が安堵で迎えられ、「おっしゃ！」と大隈が袖を肩までまくりあげてコートに戻ってくる。「おまえが大黒柱やぞ」大隈と交代する外尾が活を入れていった。

目の前のおとりにつられがちな大隈が我慢し、山吹がサイドに振ったトスをしっかり追ってワンタッチを取る。大隈がセンターに入ったことで棺野、黒羽の負担が軽減して攻撃にも余裕が戻り、両チーム一点ずつ取りあってすぐにサイドアウトが一往復する。

小田が前衛にあがっているローテだ。

〝トス呼んでください〟

――灰島の声が聞こえた気がして、

「ヘイ！　レフト！」

大きく助走に開いて小田はトスを呼び込んだ。

灰島が繰り返し口にしたのは、切実な願いだ。――劣勢にあっても一人決して強気を失わず、常にチームを勝たせる方法を探し続け、誰よりも身を砕いて行動し続けている灰島の、困窮の末の言葉だ。どこにトスを振ってもハイレベルな組織ブロックがついてくるこの試合、スパイカーが自分自身の力を信じて打ち切らねば打ち破ることはできない。

灰島からボールがあがってくる。目の前のブロッカーは浅野。

気迫を露《あら》わにするタイプのプレーヤーではない。だが、なにか強固な信念が芯にあるブロックには躊躇がない。プレースタイルはスマートだが決して軟弱ではなく、ときに強引なプレーも使って押し潰してくる。同い歳なのに、これが高校三年間、あるいはもっと以前から全国の舞台、ひいては世界の舞台を経験してきたプレーヤーかと、自分との差を見せつけられる。

上からは打てない。ストレートでブロックの脇を抜く。しかし打った直後にボールがアンテナに触れ、ホイッスルが吹かれた。

反射的に気持ちが逃げた……。

「伸！　ドンマイや！」

すかさずベンチから青木の声が聞こえた。はっとして「すまん！　焦らんと丁寧に打ってこう！」と自ら空気を盛り立てた。

「灰島、また持ってこい――」

「小田さん」

と、灰島のほうから小田の肩を摑んできた。実が伴っていない自分の台詞への後ろめたさに小田はぎくりとしたが、摑んだというより倒れかかってきたような体重が肩にのしかかってきたのでとっさに灰島の肘を支えた。

「あのブロックやりましょう。今がやるチャンスです」

小田の肩口にほとんど唇をつける距離で灰島が言った。

「今……？」

ど、どのブロックかはすぐにわかった。だが突然の要求に小田は戸惑った。

「ほやけど……景星は箕宿よりもっと高いんやぞ」

「だから今やるんでしょう。高い相手を余計に有利にしてどうするんです。やりましょう。できなくてもやめないでください……お願いします」

息を使い切って細く掠れた声で最後に乞われ、心臓が強く疼《うず》いた。

……おれは自分が〝できる〟と思っているんだ。そのつもりでここに乗り込んできたのだ。だからこの試合でこんなにも〝なにもできない〟ことに呆然《ぼうぜん》として、立ち往生している。

気落ちしている場合ではない。守らないと……今困窮し、疲弊《ひへい》していく仲間たちを守らないといけないのに……おれには、その力がない。

ローテがまわって内村が前衛に戻ってくると前衛が内村、灰島、そして小田になる。通常はライトブロッカーの灰島がセンターブロッカーを務めることになり、青木を欠く中でもここが一番苦しいローテだ。

あのブロック——クロスステップで助走して勢いをつけ、両腕のバックスイングを使って踏み切って高さを得る。小型チームの箕宿が〝高いブロック〟を武器にするために鍛え抜いたブロックだった。箕宿戦で小田は一度だけ挑戦したが、つけ焼き刃でやらないほうがいいと諦めた。仮にできたとしても小田のブロックが今より何センチか高くなったところで景星はプレッシャーとも感じないだろう。

このローテは一九五センチの荒川が小田とマッチアップする。小田にとってはもっとも分が悪い。無論、景星の山吹も誰にあげれば分がいいかは計算している。サイドに長いトスが通った。

箕宿戦のときは思い切ってブロックを突きだすことができたが、引っ込める瞬間白帯に腕が触れてしまいタッチネットになった。それ以前に大隈がブロックを揃えられず小田のワンマンプレーになったため一枚ではプレッシャーにならず、弓掛に冷静に抜かれた。

クロスステップを踏んで小田が跳びあがった直後、

キキュッ！

至近でシューズの摩擦音がもう一つ響いた。

一歩差で小田を追って踏み切った灰島がブロックを揃えてきた。

センターから走ってきた勢いを使っての全力のジャンプで灰島が横からぶつかってきたので小田のほうが吹っ飛ばされそうになる。身体を固めて空中姿勢を維持し、灰島と一緒にネットの向こうに腕をだす。二枚ブロックでコースは押さえたが、箕宿戦で試したときより思い切って前にでられなかった。中途半端になった小田のブロックなどものともせずに荒川が上から叩き込んだ。

灰島を抱きとめながらコートサイドまで吹っ飛び、折り重なって尻もちをついた。

「小田先輩！」「灰島っ、大丈夫け」

棺野や黒羽が駆け寄ってきて小田の上から灰島を起こそうとしたが、灰島がそれを振り払って小田の胸ぐらを掴んできた。

「躊躇しないでください。荒川は高……だっ……ゆみか、じゃっ……」

必死でなにか続けようとしたが息を切らして咳《せ》き込み、黒羽が灰島の二の腕を摑んで引き起こした。

さっきからこいつは必死でなにかを伝えようとしている——小田は懸命に灰島の思いを受けとめようとした。

荒川は高いだけ……弓掛ではない……。景星の高さを前に、おれは自分ができることの少なさに打ちのめされて呆然としている。だが、足りないものは本当に高さだけなのか？　果たしておれが弓掛のように、あと十センチあれば、あるいは二十センチあればと多くの人から惜しまれただろうか？

清陰16－20景星と四点差をつけられ、小田と灰島が潰れたところで清陰ベンチがタイムを申しでた。

顧問の隣で座っていた青木が立ちあがってベンチ前で仲間を迎えた。右足首をテーピングで固めた上からソックスとシューズを履きなおしている。納得しがたい顔でテーピングを片づけた末森がドリンクを取りにクーラーボックスのところへ駆けていった。気遣いつつもよろこびのほうが勝る声が仲間からかけられた。

「でれるんですか、青木先輩！」

だせるわけがない——。

という声が喉《のど》に詰まった。押し黙った小田のかわりに内村が「いっいやっ、無茶ですよっ」と訴えたが、青木にくしゃくしゃと頭を撫でられると泣きだしそうな顔になり、

「すいません……」とかぼそい声で呟いた。

「時間ないで手短におまえらの総意を聞くぞ」

唐突に青木が切りだした。いつもどおりの飄々とした顔が頼もしいが、痛みは絶対にあるはずだ。汗で乱れた髪が額に貼りついている。訝しげに聞く仲間たちの顔を見渡して続けた。

「おれが戻ると実質交代枠を使い切る」

ルール上は一セットにつき六回まで交代枠が与えられている。だが一度コートをでたスターティングメンバーがコートに戻れるのは一回のみで、交代したリザーブメンバーと再交代することしかできない。またリザーブメンバーは一人一回しか投入できないという制限があるため、六回の使い方は完全に自由ではない。

青木と交代して内村が下がった場合、もし内村がもう一度コートに戻るとしたら青木以外とは交代できないということだ。他の誰かに万一なにか事故があってももう交代要員はいない。控えが一人しかいない中でやっている清陰には、六回ある交代枠が実質的に二回しかないのだ。

こんな薄氷《はくひょう》を踏むような状況で、この小さなチームがこの大舞台をここまで戦って

きたことが奇跡だった。いつ戦えなくなってもおかしくなかったのだとあらためて思い知る。

「おれはコートに戻りたいと思う。ただこのあともし他の奴になんかあってももう交代はできんくなる。ほしたら途中棄権……っちゅう判定をされることもありうる。ほんでもいいかを聞きたい」

単刀直入に青木は論点を俎上《そじょう》に載せた。

誰からも反対意見はあがらない。棺野も異は唱えない。灰島が沈黙しているのは本能的に外部との回路を切って三十秒で体力回復に努めているためだろう。

万が一にも次にコートを離れねばならない者がでた時点で、どのみちもう清陰は試合を続けられる状態ではない。全員それを理解している。

「……ほんとに、やれるんやな……？」

苦渋に満ちた声を絞りだして小田は訊いた。

「監督さんの許可でたんが証拠や」

普段呼ばない呼び方でそんなふうに青木が顧問を持ちあげてベンチに目配せをした。

「おれは川島やないで、別に将来日本を救うわけやないしな。おれにとってはここがスポーツなんか本気でやるクライマックスや。ま、万一ちょっとくらい違和感残ったとこで困らんやろ。うちの親父かって身体のどっかしら痛ぇって毎日ぼやいてるけど問題なく働いてるしな。アスリートでもなければ普通の人間なんてそんなもんや」

おとなびた軽口が、疲弊しきったチームの空気にどうにか笑いを誘った。

そうか……それがおまえの結論だったのかと、小田一人、愕然たる思いで青木の顔を見つめていた。

ここがおまえがバレーをやるクライマックスか……。そんな思いで、この大会に臨んでいたんだな……。

コートインの時間だ。清陰がメンバーチェンジの準備をしていることを景星側が見て取り、浅野が解散しかけた円陣の輪を急ぎもう一度狭《せば》めてなにか声をかけた。

ベンチ脇のナンバーパドルの箱に青木が手を伸ばしたとき、

「十八歳の考えやな。なんやかんやでおまえもまだ十八っちゅうこっちゃ」

と、箱の傍《かたわ》らにそういう座敷童《ざしきわらし》みたいにちょこんと座っている顧問が口を開いた。

小田も青木とともに顧問を振り向いた。

「今の決意がほのまま変わらんなんてことはないもんや。下げるときはわしの判断で下げるでの。高校の勝利なんちゅうもんにわしはこだわってえんでな」

そう言って顧問が内村の背番号のナンバーパドルを自ら引き抜き、青木に手渡した。

「最後に顧問らしいこと言ったかと思えば、まあまあ衝撃的な発言したな、あのじいさん。教え子勝たす気ないんか」

ベンチを離れてから青木がナンバーパドルで肩を叩いて愚痴った。最後、か……と他意はないのだろう青木の何気ない言葉を小田は胸中で反芻し、青木の隣に立った。

「大学では、続けんのやな……？」

「……ああ。将来やりたいことあるし、勉強したいこともあるしな」

答えた青木の声には吹っ切れたものがあった。やつれて見えるのは否めない横顔にどこか清々《すがすが》しい笑みが浮かび、

「もうすこし一緒にやろうっておまえに言ってもらったで、正直ひっで迷ったんやけどな。ありがとな……すまんな」

「謝らんでくれ。もともとおれがわがまま言っただけや。ほうか……」

やりたいことが、あるのか。そうだったのか。

そんな夢が青木の中にきちんとあったことを知って、自分が勝手に抱え込んでいた気負いがすうっと楽になった。自分がバレー部に誘ったことで青木の人生を巻き込んでしまったわけではなかったのだと。

それぞれが自分の意志で、それぞれの足で、三年間横に並んで歩いてきたからこそ、自分とは別個の存在として信頼を預けられる相棒だったのだろう。

一緒にバレーをするのは、ここが最後だ。

10. FIRST CRY IN THE UNIVERSE

コートサイドに立ったとき足がふらつき、隣にいた黒羽の肩にぶつかった。黒羽のほうもふらついたので一瞬肩をはじきあう形になり、その拍子に灰島は「あ」と片目に手をやった。

「コンタクト落とした」

「まじけや！　もうタイム終わるぞ」

黒羽が跪《ひざまず》いて床に手を這わせようとしたが、

「あ……れ？　落としてない」

「はあ？」

と黒羽がキレ気味に顔をあげた。

まばたきをして瞳の中にある異物がもたらすわずかな感触を確かめる。一度強く目を閉じ、眼窩の奥から涙を補給して目をあける。左右の瞳の表面に浮かんだ極薄いレンズを通して網膜に像が結ばれ、シューズの先にまっすぐ引かれた白いサイドラインと、その線で区切られたオレンジ色と空色の床を映しだす。

六セット目か……。

「そんなんで残りやれるんやろな、おまえ」

「てめぇこそ」

ちょっと喧嘩腰で言ってきた黒羽に灰島も喧嘩腰で言い返した。灰島よりは体力に自信があるとはいえ青木がコートにいなかった間の消耗は黒羽とて馬鹿にならない。

景星に勝ったら二度と言うなと自分が啖呵《たんか》を切ったからには、負けたら黒羽にスカウトの話を蒸し返す口実をやることになる。

今できうる限りの全員のパフォーマンスを出し切れたとしても、この試合に勝つのが厳しいのは事実だ。箕宿戦のダメージはでかい。だがそれだけではない——景星は強い。

「……絶対負けねぇ」

呟いてぎゅっと奥歯を噛む。

「勝つって」

と、隣で黒羽が言った。

汗ばんだ髪が貼りついてもとの顔より彫りが深く見える顔には憔悴《しょうすい》が隠せない。ハッタリで言っただけかもしれない。ハッタリだとしても、この大会中のどの時点からか、勝てないとは絶対に言わなくなっていた。

「……なんなんだよ、くそっ……」舌打ちし、前に視線を戻して肘のサポーターを引きあげる。

負けたくない。

「行くぞ」

並んで踏みだした灰島の左足と黒羽の右足がサイドラインをまたいだ。

＊

清陰16－20景星。景星が四点差をつけて二十点に乗り、このまま振り切りにかかる。

第三セット、これから終盤。

タイムアウト明け直後に清陰のメンバーチェンジが受理され、一度コートインした内村がすぐに青木と交代した。

「四点差なんて十分射程内やぞ。第一セットは五点差からあっちにひっくり返されたんやでな」

痩《や》せ我慢が何割なのかわからない自虐で青木が仲間を励まし、全員気合いで応える。全員何割かは痩せ我慢のはずだ。それでもハッタリを続けるしかない。

景星・荒川のサーブで試合が再開した。浅野は現在バックセンター。対角の山吹にサーブがまわるまであと二つ。

コンタクトが嵌《は》まっていることは確かめたが視力自体が疲労で著しく低下している。

見えづらくなってきた視界に灰島は顔をしかめたが、距離感は身に焼きつけてある。頭の上で両手が捉えたボールを正確に飛ばした。

小田がめいっぱいの打点で打てるトスをあげても景星のブロックをなかなか打ち抜くことはできない。景星がワンタッチボールを繋いで反撃。山吹のトスからまたたく間に速攻を打ち込まれた。交代した端から目の前で使われた速攻に青木が反応できず「くそっ」と吐き捨てた。

青木が戻ったものの景星がリードを広げ、清陰16－21景星。荒川のサーブが続く。もう一本……!!　灰島はまた小田にあげる。青木が前衛に戻った今、後衛の黒羽・棺野も含めて清陰の攻撃の幅は広いため、景星のブロックにわずかに迷いが増えた。粘り強く小田を使い続けたおかげでサイドブロッカーの山吹一枚に振った。山吹相手なら小田にもそこまで不利ではない。

だが一枚でも山吹がうまく引っかけてきた。ワンタッチボールに浅野が飛びついて繋ぐが、清陰側まで直接返ってくる軌道になった。清陰のチャンスボール——景星が待機の態勢になった隙を灰島は逃さない。一瞬だって気をゆるめるなよ——!　コート内でボールを待つことなく自らネット際で跳んで叩き込んだ。

清陰17－21景星。四点差に戻す。小田の前衛はここまでだ。何本も粘ったものの小田自身の得点はなく後衛に下がる。かわって黒羽があがってくる。

「そろそろ浅野をとめんとあかんな」

青木が景星側を睨んで言った。

第二セットの景星は青木が前衛のときは一貫して中から攻めてきた。しかし第三セットだ。景星が一セット先行していた第二セットとは状況はまったく違う。

清陰が試合を振りだしに戻したあとの最終セット——このセットの結果のみで、勝者と敗者が決する。

それでも中から！　山吹のトスがミドルの頭上をふわっとした軌道で越えたときにはバックセンターから跳躍した浅野がテイクバックを完成させて滞空している。青木が正面でブロックに行く。

流れるようなスイングフォームから薙刀《なぎなた》を振りおろすがごときパワーが乗ったスパイクが打ちだされた直後、ドガンッとブロックに激突した。

景星側に跳ね返したものの打ちあがった。身を沈めて着地した浅野の頭の向こうでボールが二階スタンドまで吹っ飛んでいき、『覇道を行け、景星!!』という文字が躍る横断幕に吸い込まれていった。清陰17－22景星。

清陰も黒羽がレフトにあがって強いローテを迎えているのですぐにサイドアウトを取り返し、清陰18－22景星。未だ四点差。差が埋まらないまま景星がじわじわとマッチポイントに迫っている。

だがこれで清陰がローテをまわし、サーバー灰島だ。

ボールの縫い目に指を這わせ、手の中で軽く転がしてから構える。

もしここでミスれば景星に二十三点目が入る。

慎重になった——ごくわずかだ。だがごくわずかに甘くなった球を佐藤にしっかりレセプションされた。山吹がまた中を使うが、ここは浅野ではなく左腕《さわん》の爾志。中は中でもバックセンターを警戒していた棺野・黒羽のサイドブロッカーが動けない。セットアップから打点までほとんど距離がない電光石火のCクイックが打ちだされた。

刹那、青木の腕が覆いかぶさって押さえ込み、山吹と爾志の頭の上から撃墜した。

「っしゃあ！」青木の口から会心の声が飛びだした。身体をたたんでガッツポーズを見せると揺れた髪から汗が散った。「ベンチ座ってるあいだぼさっと見てたわけやねえぞ！」

タイミングがあわなかったレフティのCクイックにやっとブロックポイントがでた。

清陰19-22景星。

「三点差ぁーっ！　諦めるなー！」

ベンチから末森が拳を振りあげて怒鳴る。

「灰島、も一本！」

仲間の声に、灰島は浅い呼吸をしながらこくりと顎を引いた。

勝つのは厳しい——と、現状の戦力を冷静に鑑《かんが》みれば断言するしかないと思っていたのも事実だ。

こうしてサービスゾーンに一人立ち、味方側からネットを挟んで敵側まで十八メートルの奥行きのあるコートを見通してボールを構えると、だが、確信を持つ。

負けない、と。

甘いサーブは金輪際打たない。逆転まで四点。サイドアウトを渡さないサーブを打ち続ければいいわけだ。

二本目、佐藤がコースの正面で構えるが、シュート回転がかかったボールが佐藤の左肩から右手に向かって急激に落ちる。佐藤がぎょっとしつつ横っ飛びし、ライトサイドいっぱいに入るボールを大型リベロならではの的の広さで身体にあてた。

「亜嵐繋げぇーっ!!」

佐藤の声に荒川が即座に反応してボールを追っていく。清陰側では返ってくるボールに備えながらも、繋がるな、という念をこめてネットの向こうを見守る。ラリーになったら粘る体力は清陰にはもうほとんど残っていない。

リーチの長さで荒川がボールに届いたが、掠っただけで繋がらず、滑り込んでいった荒川とともにボールもバウンドしていった。

「よっ……ぉっし!」「灰島はんぱねぇー!」歓喜と安堵を半々に清陰コートが勢いづ

く。

記録はサービスエース。清陰20－22景星。

景星がタイムを取った。敵の追いあげの流れを一度切るためのベンチの采配だが、このセットのタイムアウトの権利をもう使い切っている清陰にとっても欲しかった休憩だ。灰島に関していえばタイムアウトでサーブの集中力を切られることも一切ない。

タイム中の清陰ベンチは静かだった。ディフェンスを手短に確認する声は交わされるものの大声をだして励ましあう者はいない。三十秒の時間中灰島はひと言も発さずタオルをかぶって目を閉じていた。頭を撫でられたり肩を叩かれたりはしたが、返事が必要なことは誰も言ってこない。

ボールの音がしない……。

ふとそれに気づき、Bコートのエリア内だけに遮断していた知覚をひとときエリア外まで押し広げる。開幕以降、その日の最終試合が終わる前には会場を引きあげていたので、ボールの音が途切れた瞬間に居合わせたことがなかった。メインアリーナの四つのコートのどれかでは必ず試合か練習が行われていて、選手たちの活発な声とともにボールの音が必ず聞こえていた。

その音が忽然《こつぜん》とやんでいる。Bコートを挟むスタンド席からの応援の声だけがアリーナの床に跳ね返っている。

他のコートのホイッスルの音もしない……と思ったとき、タイムアウト終了を告げるホイッスルが鼓膜を貫いた。

タオルを剝ぎ取って目をあけた。

コートへ戻る仲間と別れて灰島一人が直接サービスゾーンへ向かう。ボール係が放ってきたボールを上手《うわて》で摑み、床につかずにそのまま構える。

数十秒間ボールの音が消えていた会場に、世界で初めて生まれた音のように自分が打ったサーブの音が鮮明に響いた。

それを合図に敵側・味方側双方でシューズが機敏に床を擦る音が重なる。バックゾーンに着地した自分のシューズの音もまたその中へと飛び込んだ。会場中の音を吸い寄せてBコートで躍動的な音の応酬が再開した。

中を使い続けていた山吹だが、このときを待っていたかのようにレフトにトスを飛ばした。ずっと中を意識しているうちにブロッカー三人のポジショニングが徐々に中央に詰まってサイドがあいていた。だが山吹にも焦りがあり、ここまでスパイカーの打点を生かしてあげていたトスが低い。

景星の高さを殺した。清陰のブロッカーもこのときを待っていた。

檜山がトスにあわせるが通過点が低い。棺野・青木で捕まえて撃沈した。

清陰21-22景星。歓声をあげてコート内を駆けまわるような者はいない。そんな余裕は残っていない。各々自分と味方のプレーに確信を得た顔で頷くだけだ。

ブロックポイントがではじめると流れが一気に変わる。ここが潮目だ。外すことを怖れず攻めるサーブを打つのは大前提だ。攻めて、絶対に入れ続ける。ここが潮目だ。

サーブ四本目。ネットを越える瞬間、ボールの下端が白帯にガッと引っかかった。だが白帯を焼きちぎる勢いで景星側へ飛び込む。深い守備位置を取っていたレシーバー陣は届かない。ドライブがかかったままネットインで強引にねじ込まれたボールを山吹が飛び込んで拾う。

苦しい体勢ながら山吹がボールを高く打ちあげたのは見事だ。その間にウイングスパイカー陣が助走に開く。前衛ミドルの爾志が二段トスをあげようとしたが、

「どっけ！」

と佐藤が怒鳴って走ってきた。助走をつけた片足ジャンプで佐藤がバックゾーンからボールの下に入ってジャンプセット。セットを譲った爾志も攻撃にまわっている。景星にはこれがある。常に攻撃重視。そのためのコート内の面子だ。

景星の全攻撃陣が怒濤のごとく押し寄せてくる。レフトの檜山はさっき被ブロックしている。浅野がバックセンターで荒川がバックライト――もう一つ！　後衛で構えながら灰島は助走をつけて入ってくるもう一人の足をネット下に捉えた。

「――セッター！」

前衛スパイカーのいないライトから打ってきたのはセッター山吹！　黒羽が間一髪でとめに行ったが青木がヘルプに行けない。サーブでキレキレのコントロール力を見せつけるだけありコントロールのいいスパイクで一枚ブロックをかわして打ち抜かれた。

そんな手も持ってんのかよ！　すげえ！　景星のギアががんがんあがっている。絞り尽くしたと思っていたアドレナリンが一気に噴出してぞくぞくした。

「っしゃクソッ！　切ったあ！」

と山吹と佐藤が会心のハイタッチを交わした。

清陰21－23景星。四連続得点で追いあげたものの、灰島のサーブは四本まででサイドアウトを奪われる。

あと二本は打つつもりだったのに。

「灰島ナイッサ！　よう詰めた！」

小田のフォローに頷いた拍子に汗が幾筋も額を滑る。睫毛《まつげ》が受けとめきれなかった汗が目の中に入った。ユニフォームはとっくに水分を吸わなくなっていたので肘で顔を拭ってサポーターに汗を吸わせる。

いよいよ山吹までサーブがまわった。スパイクを決めた山吹が意気揚々とサーブへ向かう。清陰は土俵際だ。ここを切れなければ景星にマッチポイントを渡す。

波に乗ったサーブが飛んでくる。アウト——いや、どうだ——視界の悪さに確信が持てず灰島はジャッジを発せなかった。棺野がエンドラインぎりぎりでボールをかわし、しゃがみ込みながらボールと線審を振り返った。

エンドラインのテープの幅、五センチの上か。外か。

線審のフラッグが頭上に振りあげられるのを見るまでの一瞬が長かった。フラッグが風をはらんでたなびいてからふわりとスティックに沿った。

棺野が尻もちをつき、「……ぷあっ」と息を噴いた。

「……ふおっ。ナイスジャッジ！」

息を詰めていた他のメンバーも吐息とともに歓声をあげた。

清陰22－23景星。ブレイクの好機を逃した山吹が床を蹴って悔しがったが「オッケーオッケー。次切ればマッチポイントだ」と浅野が落ち着いた声で味方を励ます。

青木が前衛での仕事を終えてサーブに下がる。「青木先輩」味方の声に手をあげてサービスゾーンへ向かうが、右足をかばっているのはもう隠しようがない。

小田がちらりとベンチの顧問を見た。サーブのターンが終われば青木はいったん下がるが二ローテを挟んで前衛に戻ってくる。そのタイミングで内村に交代になるかもしれない。ほとんど部員だけで意志決定してきたチームでもメンバーチェンジは監督権限だ。

大隈は青木よりブロックステップが遅いため、大きくトスを振られると追いつけずにブロック一枚にされるケースが増える。このローテでフロントレフトの浅野にトスがあがったが、大隈が遅れて棺野と割れた。割れた空間を打ち抜かれるところを、後衛の小田が滑るようにコース上にディグに入った。

浅野の打ち分けの巧さが逆に作用した。ディガーを避けて打った結果棺野の腕にあたり、横に跳ねたボールをほとんど偶然だが大隈が押さえ込んだ。ピンボール台の中を跳ねるみたいに連続的にブロックにあたったボールが景星側に飛び込んだ。

「よぉーっ……」大隈と棺野がガッツポーズを振りあげ、「っし！」と、腕と腕を力強く交差させた。

清陰23－23景星。

二十五点を目の前にして同点に追いあげる。点数上の意義だけではない。精神的に景星を崩す意味でも三年の浅野を二年のブロックでとめたのは大きい。景星が二度目のタイムを使ってもいいタイミングだが、まだ清陰に雪崩《なだ》れ込まれることはないという自信があるのか、若槻は動かない。

「1番《（浅野）》オッケー！」

棺野が浅野を牽制《けんせい》し、

「おっしゃ1番とめるぞ！」

と大隈も乗じる。しかし威嚇に怯まず山吹がまた浅野を使った。エースの荒川以上に浅野がもっとも信頼されていることがこの終盤でははっきりわかる。

　今度は大隈もしっかりサイドに寄ったが、浅野がねじ切るようなインナースパイクで幅のあるブロックの一番端にぶつけ、あらぬ回転がかかって吹っ飛んだ。

　エンジンがかかってからの浅野が全部違う打ち方で決めに来ていることに灰島は気づいている。ブロックが目の前に何枚いようがあらゆる方法でもって点を取りに来る。一番タチが悪ぃスパイカーじゃねえか！

　逆転マッチポイントに賭けている清陰も簡単にブロックアウトにはしない。小田がコート外に飛びだしていって食らいつく。

ボールに視覚のピントがあわない。顔をしかめた隙に灰島は小田が繋いだボールの方向を見失った。

　自分を除くコート上の十一人の動きが、ひいてはベンチやスタンドの視線が、海中を泳ぐ小魚の群れが一斉に方向を変えて細かなあぶくが立つように空気の流れを生み、ボールの行方を教えた。はっと踏みだした先にボールがあがっている。

　滑り込んでいった小田は攻撃に戻れない。同点に追いつく連続得点に貢献した棺野が助走に開こうとしてスリップした。大隈一人で打ち抜かせるには荷が勝つ。

　戦力が足りない。信頼してトスをあげてきた打ち手が一人ずつ剝がされていく。

　そんなときに、いつだって黒羽のシューズの音が、どこからでも耳に飛び込んでくる。

　一番いいトスを届けて信じるしかない——攻撃枚数が絶対に必要なこの相手に対して

たった一人で挑むスパイカーに。

景星の堅牢《けんろう》な壁が一枚攻撃をねじ伏せにくる。黒羽のカバーに突っ込んだがつんのめって灰島は床に手をついた。顔をあげ、視覚を焼いた照明に目をすがめながら懸命にネット上を凝視する。

黒羽の正面のブロッカーは浅野だ。僅差で浅野のあとから跳んだ爾志と檜山が横からぶつかってくる。細身の長身で二年生二人の追突を受けとめて持ちこたえながら、なおスパイクは通さないという堅固な意志で黒羽の前に腕が伸びる。

逆光の中で白く輝く二メートル四十三のネットを挟んでスパイクとブロックが激突した。目が眩《くら》むほど光が激しくまたたき、世界が震撼《しんかん》した。

もっとはっきりこの目に見せてくれ——この最高にぞくぞくして血が沸き立つような攻防を永遠に見ていたい。仲間がみんな限界まで疲弊しているのに、薄情にもそう思わずにいられない。

垂直に叩き落とされたボールがセンターライン上に沈み、水柱をあげるように跳ねあがった。

清陰23－24景星。

景星学園……強いチームだ。秋までは箕宿に負けているが、この春高でもし直接あたっていたらもう箕宿を超えていただろうと思う。景星が掲げる信念の中心にいるのは今となっては浅野に間違いないが、箕宿における弓掛と違い、浅野が折れればチームが折れる気がまったくしないからだ。

青木がサーブを終えていったんコートを離れる。外尾が青木をねぎらって後衛の守備をかわる。

棺野がレフトスパイカー、黒羽がライトスパイカーと得意な側と逆になるため苦しいローテだ。できる限りスパイカーを有利に打たせたい。「ほ……」外尾のユニフォームを引いたが、掠れた一音が漏れただけで息が切れた。

「とにかく上に、やろ？」

と外尾のほうから言ってきた。

「鹿角山んときからおまえ何百回も言ってるでなあ。もう耳タコやって」

愚痴まじりの軽口で返され、灰島は頬をゆるめた。

景星にサーブ権が変わる。浅野はあと二ローテ前衛だ。

動かされながらも外尾がレセプションし、ネット前からは逸れたが高くあがった。ボールがあがっているあいだに景星にも思考して備える時間を与えることになるが、こっちもスパイカーの最大のパフォーマンスを引きだしてぶつける。

ライトから入ってくる黒羽の足音を聴覚が捉えた——と、別の方向からも足音が聞こえた。大隈、棺野、小田も助走に入れている。だだだっという数歩のうちに、床を震わせる足音の濃度が増してコート一面に波紋を広げた。

思考回路に火花が散るくらい高速回転させ、ボールが両手の指に触れた一瞬でトスをあげる先を決断する。ブロックに捕まったらその瞬間試合が終わる。だからこそ。

指を離れたボールがバックセンターへ飛んだ。

おとりになった大隈の真後ろから小田が飛びだしてきた。景星のブロックの反応がわずかに遅れた。「リバン《リバウンド》！」大隈に怒鳴って灰島もカバーに突っ込む。

フルスイングで打ち抜くと思わせて小田が直前でスイングスピードを落とし、タイミングを計ってブロックにあてた。

ネット下で腰を落とした大隈が真上に落ちてきたボールをぎりぎり肩で受けた。ボールが繋がった瞬間、背後で床をこするシューズの音が響いた。黒羽が直《ただ》ちに足を返して助走に下がっている。低くあがったボールの下に灰島が膝で滑り込みざまバックセットを飛ばした。

サイドいっぱいから対角に叩き込んだクロスが景星コートを斜めに真っ二つにし、対角のコーナーいっぱいで跳ねあがった。

清陰24－24景星。

「デュース……!!」双方のコートから違う感情を表す同じ声があがった。

小田が急にその場にしゃがんで自分の頭を掻きむしった。すぐに立ちあがってこっち

へ駆け寄ってくると、

「胃に穴あくかと思ったぞ、おまえっちゅう奴は……」

座り込んでいる灰島に手を差しのべながら恨み節のようなことを言ってきた。

「試合が終わってたかもしれん一本やぞ。ようおれにあげる度胸あったな」

勝算があったからトスを託した。小田自身が驚いたくらいだから景星側も選択肢から外していたはずだ。だがそれだけではなく、あの一瞬でめまぐるしく思考を回転させてありったけの可能性を計算する中で——もしこの一本で小田が捕まったとしても、清々しく負けられる——ふとそう思ったとき、結論がでた。小田にしてみれば一生涯の語り草になるような悔恨を抱え込むことになっただろうが。

勢いよく引っ張り起こされすぎて前のめりによろめきながら、なにか悪戯《いたずら》が成功したみたいな気分で楽しくなって「へへ……」と小さな笑いが漏れた。

「黒羽！　死ぬ気で攻めてけ！」

コート外から青木の檄が飛んだ。小田が前にあがって黒羽のサーブだ。「……はいっ」と応えた黒羽が一度こちらを見た。

って、清々しく負けられるわけあるか。

スカウトの話のこと途中からしばらく忘れてた。

「攻めろ」

黒羽の顔を見返して言う。目をきつく細めたのは睨みつけたのとピントをあわせるための両方だ。

黒羽が黙ってただ顔を引き締め、背を向けてサービスゾーンへ歩きだした。

なんだよ、とむっとしたが、
プレッシャー……？

最大の佳境が続く中を、最強のブロックに向かって何本も何本も打ち続けているのだ。

黒羽が打ったサーブは中央を守る浅野の正面に入った。だが入れば十分。破壊力で浅野の足をとめる。「C！」と灰島は怒鳴った。

サイドの小田がセンターの大隈のヘルプに走りざま、両腕をバックスイングして思い切って跳びあがった。ネット沿いを吹っ飛んできた小田が玉突き事故のような勢いで大隈にぶつかりながら、二人がぴったり詰めてネット上に腕を突きだした。

爾志の左手の正面で小田の右手がコースを塞ぎ、射出直後にボールを撃ち落とした。

逆転のブロックポイント!!

「小田先輩!!」

歓声があがったが小田自身の雄叫びは声にならなかった。胸の内で爆発した感情を、長かったここまでの苦悩も一緒に全身の血管に行き渡らせるように、身体を深くたたんで両の拳を腰だめで握った。

バレーボールは一人のファンタジスタのスーパープレーで逆転が起きるスポーツではない。

敵のブロッカーに対して有利を得るため、なるべく多くなるべく高く攻撃を繰りだし続ける。

敵のスパイカーに対して有利を得るため、サーブで攻撃を削りブロックでプレッシャーをかけ続ける。

そういう愚直な攻防を一セット中に何十回と反復し、反復し、反復して一点を積みあげていくスポーツだ。

11. THIS IS THE CENTER COURT

清陰25－24景星。清陰が先にあと一点取ればゴールに飛び込む。勢いづくと同時に、デュースがこれ以上長引けば不利になっていくのは間違いなく清陰のほうだ。

「黒羽ナイッサ！」

「今のでいいぞ！　も一本頼む！」

コート内外の仲間から切な願いのこもった檄が黒羽に飛ぶ。

黒羽が短い息を一つ勢いよく吐き、「おっしゃ！」と大声で気合いを入れてサービスゾーンへきびすを返した。

その後ろ姿に灰島はふと妙な衝動に駆られ、タッと走って追いかけた。一歩も足を余計に動かす力はなかったが、その余力を今使い減らすことに躊躇はなかった。

半ば倒れかかるように追いついて右手で黒羽の背中の左側に触れた。

驚いた黒羽が肩越しに振り返った。

よく朗らかに笑う黒羽の目つきがぎらぎらしている。

いつものように背中に拳を突き入れようと思ったが、やめた。心臓のちょうど裏側のあたりを手のひらでゆっくり押す。背中の筋肉の奥まで右手が沈み込み、心臓を鎮《しず》めるようなイメージで。

「攻めろ。けど、あとはおれがどうとでもする」

黒羽が強張っていた頰をすこしゆるめた。しかし「サンキュー」とだけ言うとまた険しい顔つきで歩きだした。

「あと一点！」「あと一点！」「あと一点！」

試合が決まるかもしれないサーブだ。会場中に膨れあがった手拍子のリズムがどんどん速くなる。うるせえ！　静かに打たせてやれと怒鳴りたくなる。

自然発生した手拍子がほどけた隙に黒羽がトスを放った。よしっ、と灰島は好サーブを確信した。コースは真ん中だが百パーセントのパワーが乗った。中央で浅野がサーブを受けた瞬間、破壊力のある音が爆ぜて上半身をはじかれる。ヤワなレシーバーならひっくり返っているが、浅野が片足を大きく引いてサーブの威力を受けとめた。

彗星《すいせい》が空を一閃《いっせん》するようにアリーナの遥か高い天井にボールが跳ねあがった。スタンドの人々のどよめきがボールを追って天井に吸い込まれる。高度はあるが景星コート内にあがっている。完璧に入った黒羽のサーブをきっちりあげられた。

天井に並ぶ丸い照明の一つに重なって一時静止したボールが位置エネルギーを得て落下してくる。スタンドの声もボールを追ってなだれ落ちるように再びコートに降りかかる。「っし、オーライ！」加速がついたボールを山吹がオーバーハンドでコントロールしてトスに変える。

山吹のトスがライトの浅野に飛んだ。アンテナ付近まで通る長いトスになりストレートを打てる角度はない。会心のブロックポイントを決めたばかりの小田が浅野の正面を臆さず抑えにいく。クロス側は大隈・棺野が塞いだためインナーを狙える角度もない。決着をつけたい一点だ。「捕まえろ！」という声が清陰側であがる。「カバー！」景星側も浅野のカバーを敷く。

セットミス？　ニアネットになった。ネットに近くなりすぎたトスがアンテナにあたる――その寸前で浅野がビリヤードのキューで衝《つ》くかのようなストレートを打ち抜いた。

あの角度からストレート打ちやがった!?

タッチネットすれすれで着地した浅野が後ろにたたらを踏んでしゃがみ込んだ。

ふっと息を抜いてから、涼しげな微笑が口の端に浮かび、すっとまっすぐな所作で拳を握った右手が頭上にあがった。

「直澄さんすっげぇ!」と駆け寄っていった佐藤より先に山吹が浅野に抱きついた。浅野が破顔して山吹の背中を叩いた。

狙ったトスだったのか、浅野の悪球打ちがミスをカバーしたのか判断しあぐねていたが、山吹のセットミスだった……とそれを見て確信した。

清陰25－25景星。浅野の執念がデュースの継続に持ち込んだ。

この物柔らかな男の中にある勝利への意地は、気迫を露わにする選手になにも劣らない。

爾志が前衛を終えてサーバーとなるあいだ佐藤がコートを外れるが、景星は前衛三人が一九〇センチ台というもっとも壁が高いローテを迎える。

黒羽が打った瞬間押さえ込まれて撃墜された。ボールが床に叩きつけられた直後、黒羽がだんっと身体をたたんで着地する。激しい音がコート上に連続的に響く。

清陰25－26景星。景星にマッチポイントがついた。

「大隈! おまえが踏みとどまれ!」青木の声がアップエリアからコートのメンバーの

背に飛んだ。「伸！　棺野！　外尾！　黒羽！　灰島！――頼む！」

「みんな頼む！　ここ切り抜けろー！」

「踏ん張れ！　絶対勝てる!!」

涙混じりの内村と末森の声も聞こえる。

肩で息をしながら黒羽が上体を起こした。堅牢にしてクレバーな景星の鉄壁の前に黒羽が何十本挑んで、いったいそのうちどれだけの数を跳ね返されたのか。頭の中にあるスコアブックの数字を灰島ははじきだす。とっくに気持ちが折れても不思議はない……なのに。

「すまん」

悔しそうに言った黒羽に灰島は首を振った。

「百パーしっかり跳べてる。フォームも崩れてない。打点も確保できてる。ブロックも見えてるな？　向こうにきっちりつかれたときはしょうがない。向こうが上だ。ヘタクソなフェイントするよりブロックアウト狙ってぶちあてろ。……今日のおまえはどこも悪くない。このまま行け」

灰島の声をしっかり頭に入れた顔で黒羽が頷く。各々ユニフォームの胸を引っ張ってとめどなく顔をつたう汗を拭い、「……っし」とタッチを交わして別れる。

かわって景星側スタンドがあと一点コールで揺れる。

「ディガー、エンドまで下がって守れ！　ワンチ取ったら亜嵐は遅れず開け！」

コート外から佐藤の怒鳴り声が響く。

十全の体勢で入れるスパイカーの選択肢が減っている中で黒羽に託す。一瀬の両サイドから浅野・荒川がヘルプについて幅のある壁を展開する。黒羽が果敢に一瀬の真上をぶち抜き、ブロックの上端にヒビを入れてボールを吹っ飛ばした。エンドまで下がっていた山吹が0コンマ秒で肉迫したボールを正面で受けたが、ごろごろっと一回転では済まない後ろでんぐり返りで転がった。

山吹を派手に吹っ飛ばしてボールが戻ってくる。

「もう一本！　決まるまで来い！」

即座に黒羽が助走に取って返そうとしたが、スリップして床に突っ込んだ。清陰コートに危機感が走った。

四つん這いで顔をあげた黒羽の頭上を自らがスパイクして戻ってきたボールが大きく越える。山吹の守備位置から清陰コート上空を縦断し、防球フェンスに激突する飛距離になった。コート内外の仲間がほっとして「アウトー！」とわいた。

座り込んでいた黒羽が手応《てごた》えをたしかめるように頷いた。

一本打つごとにどれだけの体力と精神力を磨《す》り減らしているか知れない。とっくに気持ちが折れても不思議はない……なのに。

なのに、まだ立ちあがる。

清陰26－26景星。景星についたマッチポイントが消える。デュース継続。

「8番《（灰島）》あがるぞ！」

佐藤がアップエリアから飛びだし、山吹の脇を駆け抜けざま引っ張り起こしてコートへ帰還する。サイドアウトを取った清陰は灰島が前衛にあがる。

あと一つまわると青木が前衛に戻るローテになる。青木が戻れるにしろ内村と交代することになるにしろ、大隈が前にいるあいだに試合を決めなければ一気に清陰が不利になる。このままブレイクを続けて二点差をつけるしかない。

終盤でミドルを二本とめられている山吹がレフトの荒川に振った。灰島が正面でとめにいく。荒川をここで潰す――強打の前に灰島はかまわず腕を突きだす。スパイクを捕まえようと大きく開いた右手の端にボールが激突し、指をばらばらに跳ねあげた。疾走する電車の側壁にでも接触したような衝撃が指を通過した。

――一瞬、白くなった意識がすぐに回復する。ワンタッチしてなお吹っ飛んでいったボールを後衛の黒羽と棺野が追っている。二人がコートを離れたため二段トスの打ち手が小田しかいなくなる。

「1番！」小田をマークする声が景星コートであがると「ボール！」と、灰島は外尾に向かって右手を振りあげた。

自分の周囲になにか細かなものが飛び散った。照明の下で赤い塵《ちり》がきらきら光った。

小田がスパイクカバーにまわり、外尾から灰島に二段トスがあがってくる。ライトに伸びたトスを右手で打った瞬間鋭い痛みが走った。

ブロックを抜いたがフロアで佐藤がひっくり返りながらあげた。スピードがついたボールがネット際に返る。山吹がバックローテのためネット際にいないが、かわりに前にいる浅野がワンハンドでトスにする。

浅野の手からふわっとボールが浮いたとき、無回転になったボールの表面に指の形をした血痕が見えた——目から脳へ映像が伝達されるあいだに一瀬がそのボールを打ち込んだ。

清陰26-27景星。

ラリーが終わったところでようやくずきずきと疼く右手を腹の前で見下ろした。テーピングをしていない薬指と小指の爪が剝がれて出血していた。

このままで何プレー続けられる……？　自問する。二点差をつけて勝つにはあと一点や二点では終わらない。最低でも三点いる……。

「灰島……!?」

という小田の声にとっさに指を握り込んだが遅かった。小田に手首を摑まれてぐいと引かれたので「痛《い》つっ」と灰島は思わず顔を歪めた。小田がはっとして手を離した。

仕方なく手を開いて小田に見せた。

「爪二本飛びました。あと突き指も」

小田が息を呑んだ。他のメンバーも二人の様子に気づいて顔色を変えた。おそらく浅野にもボールについた血痕が見えたのだろう。景星側にも異変を察した空気が広がる。

愕然とする小田の顔の上に、交代、という文字が閃いた。だがすぐに打ち消された。そのとおりだ。交代枠は実質もう残っていない。そして手当てをするためのタイムアウトも。

そのときタイムアウトのホイッスルが鳴った。

清陰がもうタイムを取れないからには、取ったのは景星だ。若干ざわめいてコートから引きあげる景星の選手を若槻がベンチ前で迎える。景星がタイムを取る必要はないタイミングだ。あっちにとっても残り一つのタイムアウトを……。敵に塩を送る気か……どういうつもりだ……？

なんにしろ時間を無駄には使えない。灰島は身をひるがえして自陣ベンチへ走った。

「灰島！」と小田が追ってくる。

「末森さん。応急処置お願いします」

一直線に末森のところへ行って右手を突きつけた。

「早く。三十秒しかないです」

「三十秒!? 無理やって!」

喚きながらもとにかく末森が救急箱を持ってくるあいだに他のメンバーもベンチ前に集まる。青木はアップエリアからベンチまでの距離を歩くのももうしんどそうだ。景星のマッチポイントを再び凌いだとしてもローテがまわって大隈が下がる。状況は極めて厳しい。

「小田、青木。ここまでにしとかんか」

ゆらりと円陣の外に近づいてきた顧問が言った。

仲間の視線が集まる中で小田が苦しげに歯噛みをする。棄権——という言葉がその喉もとまででかかった。

「嫌ですっ」

自分の口から拒絶の声がでる前に別の声があがった。他のメンバーまで一度灰島を見てから灰島が発した声ではなかったことに驚き、実際の声の主に目を移した。

注目を浴びて黒羽が頑《かたく》なな顔で俯いた。

「ここでやめるんは嫌です……。負けたないんです……」

「黒羽……そう言ったかって灰島が」

「そんなことわかってますっ」

突然黒羽が声を荒らげて言い返したので小田が目を丸くする。「わかってます……けど……」と黒羽がぼそぼそ言ってまた顔を伏せる。小田が一番低い目線から黒羽の顔をいっとき見あげる。

「おまえが意固地になるんは、なんか理由があるときやな……？」

「やれないとはおれはひと言も言ってません。トスあげるのに問題ない指です。末森さん、早く」

言わずとも急いで絆創膏《ばんそうこう》を用意している末森に灰島は手当てを急《せ》かした。

黒羽と灰島が続けて主張すると、小田が腹を決めて顧問に申しでた。

「先生、続けさせてください」

「責任取るんはわしなんやけどな」

「ほんなら責任取ってください」

という小田の開きなおりに青木が噴きだした。いつもの策士めいた余裕が青木の顔に戻り、

「先生。次ローテまわったらおれは内村とかわります。内村を前衛に戻してください。ほれやったら続けたかっていいでしょう」

三十秒のタイムアウトが非情に経過し、景星の選手たちはすでにコートサイドに並んでいる。

と、審判台に一度上った主審がすぐにまた下におりた。ジェスチャーで景星の選手を

コートサイドにとどめ、副審とともに記録席に戻ってきて他の審判員と話しはじめる。まだ猶予は与えられている——。

「……やれやれやのぉ。溝端メロのサインもらえる希望はまだ捨てんとこうかの」

と顧問がぼやき、記録席へひょこひょこ歩いていって審判団にまじって話しだした。

手短に協議が行われて結論がでたようだ。副審が景星にあらためてコートインを促し、主審は顧問とともに清陰ベンチに近づいてきた。

「負傷した選手はすぐ手当てしてください。他の選手はコートに入って待機して。処置が終わり次第再開します」

最大登録人数を大きく割るわずか八名の選手で出場している清陰の事情を鑑みて寛大な措置が言い渡された。

「すぐやりますっ」と末森が気丈に答えた。

「よし、続けるぞ！　26－27や、まずは死ぬ気で追いつくぞ！」

小田が奮い立って号令をかけた。休憩時間が取れたため体力も多少は回復し、灰島を除く他のコートメンバーが明るい空気でコートに戻る。青木と内村も二人で交代後のことを話しながらアップエリアに戻り、灰島と末森がいつの間にかまたちょこんとベンチに座っていた顧問とともにベンチに残る。

景星側でも選手がコートに散り、軽く足を動かしながら試合再開を待つ態勢になる。

景星がサイドアウトを取って浅野にサーブがまわったところからの再開になる。血が付着したボールは記録席に回収されており、試合中の選手たちの手汗も拭き取られた別のボールがボール係から浅野に渡される。浅野が仲間から離れて一人、集中力を維持するようにサービスゾーンに静かに佇《たたず》む。

末森によって爪が剝がれた指先から第二関節まで絆創膏が隙間なく巻かれ、その上から薬指と小指をまとめてテーピングでぐるぐるに固められていく。

「こーなったらもう勝つまで何点でも続ければいいわ」

「次の瞬間終わってもおかしくないと思ってます。景星は強いですよ」

きつく巻かれたテーピングの白に染まるように血色を失っていく右手を見下ろして灰島は言った。作業に集中していたからか、テーピングの端を切ってから「え？」と末森が顔をあげた。

「だからちゃんと処置して戻りたいんです」

最後は自ら左手で右手のテーピングの端を押さえてしっかり貼りつけ、

「行ってきます」

と灰島はコートへ飛びだした。

「灰島！」

「大丈夫け」

コート内で迎えた仲間に手当てされた右手を掲げて問題ないことを示す。中断は三分足らずだった。試合再開の気配になると雑多にほどけていたスタンドのざわめきが再びまとまって二方向からの大きな声援の波になる。

胸と腕のあいだにボールを挟んで肩を伸ばしていた浅野があらためてボールを右手で摑んだ。

景星もこれでタイムアウトを使い切った。清陰が追いついてデュースが継続し、逆に景星が窮地に陥ることがあってももう残りのタイムアウトはない。

ジジ……と、肩の上に自校の横断幕を背負って立つ浅野の姿に一瞬ノイズが走るようにピントがぶれる。集中した凜々《りり》しい顔に再びピントがあう。

浅野は負傷者を避けてくるんじゃないか……？

清陰26－27景星。試合再開。

ホイッスルが鳴ると間をおかずに放たれたサーブが白帯をざんっと揺らした。ネット……!!　だがボールにかかったドライブ回転が勝り、清陰側へ放り込まれた。フロントゾーンで取れるレシーバーはいない。セットアップ・ポジションへ走ろうとしていた灰島が一番近い。進行方向から重心を急転換してボールに飛びつく。灰島がファーストタッチを取れば清陰の攻撃が崩れ、景星の大チャンスになる。

その瞬間、スパイカー全員が攻撃準備に入る足音を耳が捉えた。

スパイカーが信じてくれるからには、このボールを絶対にトスにする——新たにテーピングしてきたばかりの右手をボールに伸ばす。テーピングの先がボールに届いた。フロント側に黒羽がいたが、指の力でバックにはじいた。

この体勢からバックにあがるとは予測していなかった景星の反応が遅れた。雄叫びとともに大隈が同点のCクイックを叩き込んだ。

だが自陣に突き刺さるボールを浅野がダイビングレシーブで拾い、景星が同点を阻む。山吹より先に佐藤がボールの下に走り、荒川が打つ。

佐藤が勝ち急いでトスが低くなった。灰島が押さえ込みにいくが、窮屈なスイングから荒川がブロックに強打をぶつけてきた。落ちろ!! 激痛が突き抜けて手首を跳ねあげられ、高いボールとなって景星側に返った。山吹が「どけ！」と佐藤に怒鳴ってボールの下に入る。

「誠次郎!!」

その間に立ちあがって助走を確保した浅野が気迫ある声で呼んだ。

灰島と大隈の二枚でつく。小田がオフブロッカーにまわってフロアを守る。

——賭けだ。浅野が避けて打ってくることに賭ける。

ブロックに跳びながら背後に広がる九メートル四方の自陣コートを知覚する。視界に入らずとも頭の後ろに自陣のサイドラインが正確に浮かびあがる。

左手側は大隈が塞いだ。浅野はおそらく灰島の右手の外からぎりぎりサイドいっぱいのインを狙ってくる。灰島もそのぎりぎりを狙う。避ければスパイクアウトになるコースに腕を伸ばして網を張る。避けなければ引っかけて確実に反撃に繋げる。ブロックにかかるか、アウトか、数センチの打ち分けで決まる。浅野がその打ち分けができるスパイカーだからこそ、勝負《チキンレース》にでた。

浅野の狙いはやはり灰島の右手の外——だがぎりぎりで外しきらない。数センチどころか一センチ、指先を掠めて入る——と判断した刹那、灰島は指をいっぱいに開いてボールに食らいついた。

衝撃とともにテーピングでまとめた二本の指をボールが通過し、大きく角度を変えて吹っ飛んだ。

ワンタッチ、「カバー!!」着地しながら振り返って怒鳴る。黒羽が反転してダッシュでボールを追う。

だが、

ピィッ!

景星の二十八点目を告げるホイッスルがコートを貫いた。

ボールを見あげながら黒羽がスピードをゆるめ、防球フェンスに阻まれて立ちどまった。

防球フェンスに乗りかかって黒羽が見送る先で、ボールは総立ちになった応援団の目の前まで迫り、二階スタンドの最前列の壁に激突した。

ピ――――ッ！

再び角度を変えて跳ねとんだボールの最終的な行方が決定する前に、試合終了のホイッスルが響いた。

コート上の選手の誰も、すぐには動かなかった。

やがてホイッスルの残響に繋がるように景星コートでほっとしたような嘆息まじりの声があがった。応援席ではじけた歓喜の怒号に遅れてコート内でもゆるやかによろこびが広がった。

灰島は左手で右手の指を握って肩で浅い息をしていた。呼吸のギアを一段ずつ落とすように下を向き、手もとを見る。肘のあたりまで蝕《むしば》んでいる痛みは痛いという感覚を越えて今は熱いとしか感じない。左手をゆっくり開くと、真新しい白いテーピングの下から早くも血が滲んでいた。

終わったな……。

という事実を、痛みで逆に冴えているせいか、自分でも思いのほかクリアな頭で認識していた。悔しい、という気持ちも冷静に受けとめていた。

悔しい。当たり前だ。悔しい。だが、死力は尽くした。

最後のこの一点を前衛で全力で戦い抜くため、あと何点続こうが戦えるだけの手当てをしてきたことを無駄だったとは思わなかった。

景星のスタンドはわき返っているが、フロア上の選手たちはそれに比べると落ち着いていた。メンバー一人一人の肩を叩いてねぎらう浅野の表情に笑みはあったが、過度の感情は抑えられている。景星にとっては勝たねばならない試合だった。

最後、ぎりぎりで外しきらなかった浅野の勝利への固執は見あげたものだった。我慢できずにブロック範囲を変えた自分の負けだった。チキンレースで負けるとは思わなかったな……。

「……挨拶や、みんな」

小田が整列を促した。声は湿っぽかったが、凜とした顔をあげ、一人一人を温かくねぎらってコートエンドへ背中を押す。「灰島」小田がこちらへ迎えに来る前に灰島は「大丈夫です」と答えて自分から歩きだした。

「黒羽」

小田が呼んだ。未だ防球フェンスの前で突っ立っている黒羽の背に「黒羽……」「黒羽。ほら」と仲間が呼ぶ声が重なり、黒羽がようやく振り返った。

嗚咽《おえつ》が聞こえた。

両の頰を濡らす涙を何度も手で拭い、しゃくりあげて歩いてくる黒羽の姿に灰島は目をみはった。

小田が驚いて黒羽のもとへ走り寄った。泣きじゃくる黒羽の隣について歩くうちに小田も結局もらい泣きしはじめた。

灰島のシューズが前に立つのを見て黒羽が立ちどまった。真っ赤になった目をちらりとあげ、また俯く。ためらいがちに一歩、こちらへ歩を進めた黒羽の肩に灰島は手をまわして抱きしめた。

嗚咽が激しくなった。懸命に嗚咽をこらえる黒羽の耳もとに灰島は言う。

「下向くな。何度でも言う。今日のおまえはどこも悪くなかった」

顔を上向け、黒羽の肩越しに目に突き刺さる照明を睨みつけて、零《こぼ》れそうになる涙を押し戻した。

初めてだったんだ……。福井に転校してきて、初めてこいつが一緒にバレーしてくれて。初めて一緒に中学の大会にでて。それ以来初めて……勝たせられなかった。

死力は尽くした。チームが今持てる力を出し切って戦い抜いた。力の差が歴然とあったという納得はあっても——

勝たせたかった。初めて悔し涙を見せた、おれのエースを。

腰の高さでずっと摑んでいた手すりから手を離そうとしたとき、両手の五指がすっかり硬直していたことに弓掛は気づいた。自分の手の熱で金属製の手すりが熱くなっていた。

＊

指を開いて手すりを放し、メガホンを頭上で叩いて自校の勝利をよろこぶ景星の部員・ＯＢ勢とともにコートへ拍手を送った。

応援の過熱に従い夢中で手すりに打ちつけられて亀裂が入ったメガホンの音がいびつな合奏になる。佐々尾のメガホンに至っては無惨《むざん》に縦に真っ二つだ。勝敗がつく直前にバキンッという音を隣で聞いた。

持ちにくそうな有様になったメガホンを佐々尾が手もとにおろし、スタンドで起こる拍手から外れたリズムでゆったりと手のひらに打ちつけはじめた。急に静かになった佐々尾の横顔を見やる弓掛の拍手もまわりから遅れていった。

「直澄はさ、おまえみたいに産声あげたときからてっぺん目指すのが当たり前っていう奴じゃねえだろ」

「あんたやおれみたいに、やけどな」自分を除外するんじゃねえと弓掛は一部を訂正したが、否定はしない。

「直澄は責任を感じてるだけなんじゃねえかって思ってたんだよ……。景星を日本一にするってのを、呪いみたいに思って戦うようにならなければいいって」

「そんな思いでこんなチームは作れんよ」

と弓掛は明快に答える。「……そうだな」コートを見下ろす佐々尾の横顔に、自分が卒業してからの浅野の二年間を思うようなしみじみとした笑みが浮かんだ。それから万感をこめてメガホンを打つ手を再び強くした。

仮に弓掛が景星の主将に就任していたとしてもこの強さは発揮できていなかった。浅野にしかない清廉《せいれん》なキャプテンシーで、佐々尾の代とも違う景星をここまでのチームに作りあげたのだ。

まぎれもない今年の景星の唯一無二のキャプテンだ。

堂々たる大黒柱としての戦いぶりだった。

「あーっ……。やっぱ、悔しかー……」

祝福の気持ちとは別にどうしても胸を苛むもう一つの感情を弓掛は噛みしめた。

もう一試合やりたかった。ここまでに仕上げてきた浅野の景星と、高校最後の大会で戦いたかった。

それだけに、景星の力を引きだした清陰もまた天晴《あっぱれ》だった。バレーボールというスポーツの素晴らしさ、ダイナミックさが詰まった試合だった。箕宿戦とは打って変わってほとんどスパイク一発目でラリーが終わるという試合展開だったが、短いラリーの一つ一つに、ただシンプルに、面白ぇ、かっけぇ、と魅せられた。

惜しむらくはやはり清陰のチームとしての体力の乏《とぼ》しさだった。景星にとってここはまだ道半ばだ。目指すものはこの勝利のさらに先にある。だが清陰は途中からあきらかにもう〝先〟がある状況ではなくなっていた。

まだセンターコートでもない、四面コートのうち入場口側から二番目という偏《かたよ》った場所にあるひとひらのコートで、最後は四コートぶんの観客の注目を集めて演じられた熱戦に、いずれの応援団を問わず会場に残っている全ての人々から万雷の拍手が贈られた。

初出場にして快進撃を続けた清陰高校だが、ベスト8の成績を残してとうとう敗退。センターコートには届かなかったが、この試合もまたセンターコートだった。

「……じゃあおれは行くよ」

景星の選手たちがスタンドの下に挨拶に集まりはじめると弓掛は佐々尾にひと声かけて最前列を離れた。

「篤志」

佐々尾に呼びとめられた。階段に片足をかけて振り返り、清々しく笑って、

「まだこっちにおるけん。……またあとで」

最前列の部員・OB勢がやんやの喝采で選手たちを迎える。試合承認のサインを済ませて一番最後に走ってくる浅野の姿を横目で見ながら、おめでとう、と心の中で祝福して立ち去った。おめでとう……あと二勝だな。

男子準々決勝　清陰（福井）1－2　景星学園（東京）

第1セット　23－25○

第2セット○26－24

第3セット　26－28○

第四話 ‖ スノードームに宇宙を抱《いだ》く

1. DAZED LOSER

一月七日。今日の夜のうちに紋代町《もんしろちょう》のツアーバスに同乗して選手団も福井へ帰る。

「さて、と。みんな揃《そろ》ったらもう引きあげられるで。ちょっと医務室に様子見に行ってくるわ」

スタンドで荷物をまとめていた末森《すえもり》からコートで休んでいる部員たちに声がかかった。青木《あおき》と灰島《はいじま》は医務室に行き、内村《うちむら》もそれに付き添い、小田《おだ》はどこかで取材に捕まったので、サブアリーナに残っている部員は棺野《かんの》、大隈《おおくま》、外尾《ほかお》、そして黒羽《くろば》の四人だ。ネットを挟んだ対面のコートに場所を取っている景星《けいせい》も取材を受けている者が多いのか、主要メンバーの姿は見えない。

仮設スタンドの階段を軽快に駆けおりて末森が姿を消すと、

「末森さん気丈やなあ。負けたときもなんも言わんとすぐベンチの片づけはじめてたしな。泣いてもた女子マネ慰めるっちゅうシチュエーションにならんかったなあ」

寝転がってそれを見送った大隈が例によって余計なことを言い、「……大隈」と棺野に呼ばれて「ちょ、ちょっとした軽口やげ、軽口ー」と言い訳する。ビビるんだったら最初から言わなければいいものを……と黒羽は内心で溜《た》め息をつく。

ストレッチから身を起こした棺野が穏やかな声で言った。

「第三セット、青木先輩のぶんもよう踏ん張ったな。おまえがえんかったらもっと差ぁ開いてたと思う」

「ん？　ま、まあな。三年引退するんやし、いつまでもおれだけ初心者って言ってられんしなあ」

オーバーな身振りで大隈が寝返りを打った。背中を向けた大隈の顔を外尾が首を伸ばして覗《のぞ》き込み、泣いた、と口パクで棺野に教えた。

黒羽は黙って二年のやりとりから目を離した。

仰向《あおむ》けになり胸の上で手を組んで天井を見あげる。メインアリーナの目に突き刺さるような煌々《こうこう》とした照明に比べると、サブアリーナの照明はどこかふんわりとした優しい光で試合の行われていないコートを照らしている。

清陰《せいいん》と景星、二チームしか残っていないサブアリーナは静かだった。ボールをだしている者ももちろんもういないので疲労感の漂う話し声だけがぷつぷつしたノイズのように空気に浸透している。距離を取っているので景星側の会話ははっきりとは聞こえてこない。

「黒羽が泣いたんが一番意外やったな」

外尾がこっちに気遣いつつ棺野に囁《ささや》いた。

「末森やないけど、おれたちも思ったより冷静やったもんなあ……っちゅうか、なに思ったらいいかわからんかったって感じかなあ。終わったときは単に身体《からだ》んなか空っぽやったっちゅうか」

「空っぽか……」

棺野も相感じるものがあったのか、嚙《か》みしめるようにその言葉を繰り返した。

試合直後にボロ泣きと言えるくらい泣いたのは黒羽と、黒羽にあてられた小田くらいだった。末森だけでなくみんな思いのほか淡々と応援団に挨拶《あいさつ》をして引きあげてきた。

顔の上に腕をあげ、目に入る光を遮った。

——勝てると思ってた、本気で。

自分と灰島が引っ張って、清陰が全力をだせば、勝てない相手はいないと思った。全国大会で三試合勝ち抜いてきて、それだけの自信もついていた。

本気で勝てると思ってやって、勝てなかった、という挫折《ざせつ》感を初めて味わった。今までの自分はたぶん、バレーに限らず勝てないかもしれないと思った時点で負けても傷つかないように半ば無意識に心にバリアを張っていた。それをいっさい張らずに、剝《む》きだしの心を打ち砕かれた。

〝勝つことの厳しさ〟、そんな当たり前の現実を突きつけられた。

〝景星に勝って、灰島がいる価値があるチームだと証明する〟という、シンプルだと思った青写真を現実にすることが、ただシンプルに難しいのだ。

灰島や福蜂《ふくほう》の三村《みむら》はきっとこんな挫折も何十回と味わってきたのだろう。〝剝きだしの負け〟を何度となく食らって、なお勝てると言い続けるには、自分にあとどれだけの経験と、強さと、勇気と、ある意味図々《ずうずう》しさが必要なんだろう。

灰島の目には景星と清陰の戦力差がはっきり見えていたはずだ。勝つことの厳しさという現実を嫌というほど知っていて、最後まで諦めずにコートでチームのために尽くした。あのとき黒羽が意地になって試合の続行を主張しなくとも、灰島も当然やめるつもりはなかっただろう。戦力差があるなら灰島は身を削ってそれを埋めようとする。たとえ自分が潰れようとも……そういう防衛線を敷くという発想がそもそもない奴だから。

身体の奥がぞくっと冷えた。

「青木先輩。末森さんそっち行かんかったですか？」

青木たちが戻ってきた気配にはっとしたが、灰島は一緒ではなかった。青木と付き添いの内村、それに途中で合流したらしい小田が一緒だった。

「ああ。灰島んとこ置いてきたであとで戻ってくる」

片手に松葉杖《まつばづえ》をついた青木が答えた。

灰島以外の部員七人が揃ったのを見て黒羽はむくりと身体を起こした。意気消沈して放心していると思われていたので「もうしばらく引きあげんで休んでていいぞ、黒羽」と気遣われたが、床にあぐらをかき、あらたまって申しでる。

「あの、みんないるとこで話したいことあります」

今しか機会はないかもしれない。若槻《わかつき》がもう一度交渉を試みてくる前に灰島を除いた部員が集まる場は多くはないはずだ。

「……？　どうした」

訝《いぶか》しげながらも小田が真摯《しんし》に聞く姿勢で黒羽の前に腰をおろすと、他のみんなも黒羽を囲んで座りなおした。大隈もさすがに試合後からこっち黒羽を茶化してこない。内村が青木に携帯用の折りたたみチェアを用意した。

唇を結んで口の中に一度言葉を溜める。トーンを落とし、しっかりした口調で打ちあけた。

「灰島、景星にスカウトされてます。あっちの監督から直々に、三学期から転校せんかって。一乗谷《いちじょうだに》先生も知ってます」

「なんやってか!?」

素《す》っ頓狂《とんきょう》な声が何人かからあがった。声はあげなかった者も気色《けしき》ばんで景星のほうへ目を投げた。試合後は抑えられていたみんなの感情の針が揺り戻しのように大きく振れた。にわかに清陰側がざわめきたったので景星の陣地に残っていた部員が振り返ったが、怒りを向けたところで今いるのはなんの責任もないだろう下級生ばかりだ。

「ようそんな図々しいこと言えるもんやな」

「ほういうんってありなんですか？」

「ねえやろ。ありえんありえん」

口々に声が交わされる中、一人言葉をなくしている小田の反応を黒羽は待つ。

「ほんで、灰島は……？　なんて言ってんや」

慎重な口ぶりで小田が訊《き》いた。まさか、という一抹の不安が場に走った。

「灰島はぜってーーー行かんって、そらもうひっで剣幕で言ってます。誰にも言うなっておれも口どめされてました」

黒羽の答えを聞いて小田が強張《こわば》った顔をやわらげた。

「ほやったんか。知らんうちにほんなことが……」

「小田先輩、おれは」

が、小田の安堵《あんど》の声を黒羽は遮り、

「おれは……行かせたいと、今は思ってます」

言うなり跳ねるように尻を浮かせて「すんませんっ!!」と床に額をぶつける勢いで土

下座した。

「チームのためとかは抜きにした、おれ個人の考えです。ほんとにすんません。ほやけど頼みます、あいつがチームから追いだされたとか嫌われたとか思わんように、先輩たちも納得してもらえませんか」

「急になに言ってるんや、黒羽。納得っていっても、灰島が行かんって言ってるんやろ？」

つられて黒羽の前で膝をついた小田の声が頭の上からかけられる。

「清陰は灰島にはどうしたってちっせぇんです。景星とやって、はっきりそう思いました。灰島がやれることの限界はもっと先にあったはずやけど、チームのほうに限界があって、それが灰島の限界になるしかないって……」

景星戦の後半、灰島本来の類《たぐ》いまれなセッターとしての能力が発揮されていたとは言えなかった。スパイカー陣が疲弊《ひへい》していくにつれ灰島の采配もどんどん苦しくなっていった。限られた選択肢からトスを託しては身をなげうってカバーするという繰り返しだった。

「灰島が抜けたらそれこそ来年戦力ダウンするんはようわかってます」

「わかってるんやったら……おまえらにチームを残してく立場として、おれも無責任なことは言えん。来年清陰がみすみす弱体化するようなことには……」

「灰島も絶対そう言います。灰島は清陰に尽くし切る気です。おれは今それが逆に怖ぇんです。灰島が清陰に尽くして自分を使い潰して、ほんで満足してまいそうなんが……」

爪が飛んだ程度で済んで今回は幸運だったのだ。選手生命に関わるような怪我《けが》がもし起こっていたら……？

「もし清陰が灰島からバレーを奪ってまうようなことがあったら………」床を噛むほどの距離で唇から紡いだ声がわなないた。「そんなことは、絶対に絶対にあったらあかん……灰島が生きれんくなる……」

小田も、黒羽を囲む他の部員もしんと黙り込んだ。ごり、と額の骨が床に擦れる音が重い沈黙の下ではっきり響いた。

「老先生はなんちゅうてるんや、黒羽。賛成してるってことなんけ」

青木が話を変えた。黒羽はひとまず頭を起こし、小ぶりの椅子に右足を伸ばして座っている青木を見あげた。

「灰島が景星を選ぶんやったらそれもありやって言ってました。景星の監督も悪い先生やないって」

「老先生は学生バレー界の名伯楽《めいはくらく》なんて言われてるらしいけど、受け持ったチームででけぇ大会に出場した記録がないんや。どうも経歴不明なんがすっきりせんで、ずっと調べてたんやけどな。どうやら灰島んたな学校の部活体制からはじきだされてまうような奴を掬《すく》いあげて、長い目で育ててコートに戻してきたっちゅうじいさんみたいや」

「ほんな人やったんですか……」

高校でやり切らずとも、先はずっと長いと言っていた顧問のスタンスが腑《ふ》に落ちた。その情報にたどり着いた青木の調査力と執念にもあらためて驚愕《きょうがく》する。

「老先生には来年の清陰《うち》のチームとしての成績は重要やないんやろ」

青木がやけくそ気味に吐き捨てた。

「来年か……」

と、青木の言葉を受けて二年が顔を見合わせた。

「福蜂かってプライドかけて代表権取り返そうとしてくるやろしな」

「灰島抜きでどうやって福蜂とやりあうか、急に言われても想像できんな……」

「福蜂とやりあうどころか代表戦まで勝ち残るんも厳しならんか」

降ってわいた話がやはり受け入れがたいようで大隈、内村、外尾が不安そうにぼやきあう。

「春高《はるこう》ベスト8のチームやっちゅうんで福蜂やめてうち受験する奴もでるやろし、新一年を失望させてまうかもしれんな。一番の問題児がえんくなるかわりに、下手したらチームが荒れるかもしれん」

棺野も同期三人に同調して懸念を口にした。来年のチームをまとめていかねばならないのが棺野だ。
　二、三年の責任も考えず一年の立場をいいことに個人的な心情ばかり連ねていることは承知している。だが黒羽もこの件では引き下がれない。
　先々を憂《うれ》う表情で思案していた棺野だが、小さな吐息とともに一つ頷《うなず》き、
「そういう奴らとも信頼関係築いて、一緒に新しいチームを作ってかんとな。なんとか
なるやろ。今年かってピンチはなんべんもあったんやし」
と、前向きに同期を励ました。
　驚く小田に芯の通った微笑《ほほえ》みを向け、
「棺野……」
「三日間戦って、ここに来てるような奴らに比べておれたちはぜんぜん足りんって思い
ました。やっぱり灰島のおかげでここまでひと飛びで来れたんやなって……。灰島と黒
羽には全国で通用する力が間違いなくありました。一年頼みにならんと、二年にもっと
力があればっちゅうんは、どうしても思いました。福井に帰って、県からまた這《は》いあが
って、ここで通用する力をつけてきます。灰島が残っても残らんくても、灰島が経験さ
せてくれたことを次は自分たちの力で実現せんとあかんのは同じです。な、ほやろ？」
　今いちど棺野が同期の顔を見渡した。

「灰島がおれたちを引っ張ってきてくれたけど、本当やったら灰島が上に引っ張ってもらって、伸ばしてもらってるはずの学年なんや。灰島の限界を清陰が狭《せば》めてまうんはおれも本意やない」

「棺野先輩……」

正座したまま黒羽は棺野を見あげ、

「ありがとうございますっ」

とまた土下座した。

あとは三年の意見だ。「どうですか、小田先輩、青木先輩」と棺野が問い、一、二年の視線が三年に戻る。

眉間に皺《しわ》を寄せて黙り込んだ小田を青木がちらと見やり、

「おれはやっぱ納得できんな。弱小に戻ったなんて笑いものになるんもOBとしては胸くそ悪ぃし」

と明確に反対を表明した。

「だいいちおれらがここであれこれ言ってたところで、問題は灰島本人やろ。他んとこ行って灰島がやれると思うけ？　それもおまえが引っかかってるとこやろ、伸《しん》」

青木は小田の心情を代弁しただけだ。あくまで小田につくだろう。床に両手をついて黒羽は上目遣いに小田の顔を窺《うかが》う。

「小田先輩……納得してもらえんですか……？」

唸《うな》るような溜め息をついて小田が目を伏せた。

「おれが納得できるかできんかなんて意見言う権利は、もうない。棺野がそう言ってるんやったらほんでいいやろ」

「おれはそんなつもりじゃ……」

棺野が焦ってフォローしようとした。黒羽も膝立ちになったが、

「渡すもんがある、棺野」

小田が荷物のところへ行って持ってきたものに、二人とも目をみはって固まった。

明朝バスで福井に着いたらそのまま解散になるため各自で持ち帰ることになっていたユニフォームだった。景星戦を戦った青のセカンドユニ、それに箕宿《みぼし》戦を戦った黒のファーストユニ――二着のユニフォームの胸についた〝1〟の番号と、キャプテンマークを表す下線が小田の突然の行動の意味を教えた。

「あとで洗ったんを渡したかったけど、とりあえず形式や」

2. CURTAIN FALL

差しだされた小田のユニフォームを凝視して棺野は息を呑《の》んだ。周囲の部員も小田の

意図を察し、「小田先輩」「伸」と呼ぶ声があがる。

「今やなくても……。帰ってからでいいんでないですか」

九月の予選前にはもう話は受けていたから覚悟はしていたが、いざそのときが来ると急に気後れに襲われた。しかし小田が頑として首を振り、

「今にしよう。ここにいるうちにおまえに渡したいんや」

小田の望みを尊重すべきところだ。腹を決め、立ちあがって小田と向きあう。他のみんなも次々に立ちあがる。内村と黒羽が青木にも手を貸した。

「これからのことはもう新チームの問題や。おまえらが決めることやったな」

気分を害して捨て鉢になったわけではなさそうだったが、寂しげではあった。

「おまえは目の前の状況にじたばたせんと腹くくったら、そん中でベストを尽くそうとする奴や。おれはじたばたしてばっかやったけど……」

未《いま》だ承知しがたい思いはあるのだろう。しかし下に託して引き下がってくれた小田の思いも心に刻み、新チームがどういう形になるにしても、小田の言葉どおりベストを尽くすしかない。

小田の視線がまだ自分の手にあるユニフォームにひととき向けられる。二年時の九月の春高予選後に主将を引き継いでから今日まで、例年の清陰の主将よりも数ヶ月長く袖を通すことになった、小田にとっては愛着も誇りも人一倍あろうユニフォームだ。これ

を着ていた一年と数ヶ月、主将としての苦労や葛藤《かっとう》と、よろこびや楽しみと、どちらの思い出のほうが多かったのだろうか……ひとつには絞りきれない何種類かの表情がゆるやかに移り変わった。

「灰島がまだ戻ってえんけど、長く喋《しゃべ》るような訓示は別にない。最高の仲間に恵まれてここに来ることができた。夢みたいなこと言ってたんやなって、今思えば恥ずかしなるくらいやけど……みんなが信じてくれたで、現実になった。まだ卒業まで間ぁあるで、なんかあったらおれも青木も必ず力になる。ほやけどこれからはOBとしてや。棺野、清陰を頼むぞ……なんて言わんでも、おまえに引き継ぐんにおれはなんも心配してえん」

目の前のユニフォームに手を伸ばす前に棺野は同学年の三人を振り返った。

「おれでいいんか、ほんとに」

同期の意思を最終確認する。

「おまえしかえんやろ」

「おれらも支えるし」

内村と外尾が迷うことなく頷いた。

「文句なんかねぇって」

小田の言葉に鼻水をすすっていた大隈も鼻声で言った。

三人に頷き返し、小田とあらためて向きあう。だが、手を伸ばすのをもう一度ためらった。

空っぽになるまでやりきった。今の自分たちの力ではここまでだったと、結果は満足感をもって受け入れられた。だが心残りがないかといえば、別の話になる。

「……まだ先輩たちを引退させたなかったです……。あと二つやったのに……。もっと全国の厳しさがわかってたら、練習も対策も、やっておけることがいくらでもあったって……」

「今年厳しさを知ったんや。次はもっとやれることが増える」

エールとともに小田に手を取られ、ユニフォームを持たされた。

「……はい。主将、拝命します」

フルセット二試合ぶんの汗を吸った二着のユニフォームが小田の手から棺野の手へと渡った。その重みとともに、小田の心意気も、責任も引き継いだ瞬間、小田の代の清陰高校男子バレー部が終わった。

全国大会初出場という巨歩を築いた代だった。

大きな転機は黒羽の入部でも、灰島の遅れた参入でもない。小田が最初に夢見たときに、実現へと動きだしたのだ。

「みんな突っ立ってなにやってるんや？」

と末森さんの声が聞こえた。仮設スタンドの陰から末森さんが灰島をともなって歩いてくるのが見えた。

右手の薬指と小指から手首にかけて包帯でぐるぐる巻きにされてきた灰島が輪になっている七人の様子に小首をかしげた。

「なんの話の最中ですか？」

黒羽がさっと他の部員に目でなにか乞《こ》うてきた。灰島ほど空気が読めない者はいないので全員目配せの意味を読み取り、

「引き継ぎしてたんや」

小田がスカウトの話を端折《はしょ》って後半のみありのままに答えた。小首をかしげたまま灰島がぱちぱちとまばたきしたが、棺野の手に小田のユニフォームがあるのを見て納得したようだ。「おれもいるとこでやってください」と唇を突きだした。

「もうおれやなくて棺野が主将や」

「ああ、はい。よろしくお願いします」

灰島が素直にぺこりと頭を下げる。こうしてみるとどこも扱いにくくはなさそうなのになと棺野は内心で苦笑し、灰島を手招きした。

「灰島もこっち来てくれるか」

灰島が合流し八人が揃ったチームに向かって、

「挨拶もまだやけど、主将として最初にやりたい仕事あるんで、みんなにも一緒にお願いします……ってなんか喋り方不自然やなあ」つい自分で茶化してしまい「これからこれから」と同期が笑って励ます。

「小田先輩と青木先輩もお願いします。マネージャーの前に全員整列、気をつけ。マネージャーに感謝」

末森さんが目を丸くした。八人が末森さんに向きなおって姿勢を正すのを待ち、

「マネージャー、今日までお疲れさんでした。短い期間やったけど全力でサポートしてくれて、ありがとうございました」

棺野の声に「ありがとうございました!」という声が重なり、一同で礼をした。

「末森さんのおかげで選手全員、総力あげてコートで戦い抜くことができました。ほやけど末森さんはプレーヤーやって思ってるんも変わってえんので……」

男子一同からの感謝を浴びて身を竦《すく》めた末森さんが、肩から力を抜いた。

「そっか……。わたしはここまででいいんやね。春高限定やったもんね。負けてもたもんね……」

「あっ別に一人で帰ってくださいとかやないんで、あとはお客さんとして福井まで一緒に……」

「マネのこと頼まれたん、最初は迷惑やったんやよ。女子ん中って抜け駆けって思われ

たりするし、他にもやりたい子いたかもしれんのに、青木先輩が名指しで登録してまうで替え玉ってわけにもいかんくなるしぃー……」末森さんにジト目を向けられて「へいへい、おれが悪者やって」と青木が開きなおった。

「でも、来られてよかったよ。わたしには縁がない場所やって思ってたけど、おんなじフロアで女子の試合も見られて、ここで戦ってる高校生はわたしたちの延長線上にいるんやって……別の次元なんかやないって、感じられた。ここで負けたんはひっで悔しいけど、持って帰れるもんいっぱいできて、今なぁ、胸いっぱいなんや」

敗戦後、速やかにベンチの片づけをはじめていたときから大きな感情を露《あら》わにすることがなかった末森さんの声に、初めてかすかに涙がまじった。潤んだ目を細めてやわらかい笑みを見せ、

「ほやでわたしのほうこそ、みんなにありがとう。最高の舞台に連れてきてくれて」

そして。

「ほんなら、わたしは女バレに戻るよ」

そう言ったとき、顔つきがふっと変わったように棺野は思った――コートインを前にして集中力を高める〝プレーヤーの顔〟だ。

福井を出発してからこの数日間、献身的にサポートに走りまわり、ときに厳《いか》めしく叱《しっ》咤《た》激励もしてくれたが、ずっと〝マネージャーの顔〟で援護してくれていたのだと、そ

の違いに今気づいた。

「末森、ありがとうな。おまえも三年んなるんや。自分の舞台に戻って頑張ってくれ」

小田の言葉に末森さんがきりりとして頷いた。

「はい。小田先輩と青木先輩も新しい道で頑張ってください」


ホテルに一度引きあげてからツアーバスが迎えにくることになっているため、顧問が現れると荷物を分担してサブアリーナを出発した。

進行予定を大幅に押して最後の試合が終わるまで観戦していた観客も設営替えのため退場を促され、メインアリーナを抜ける際には先ほどまでの熱量が嘘《うそ》のようにスタンドからは人気《ひとけ》が消え、温度も下がりはじめていた。

会場前の広場で来場者を迎えていたバボちゃんの巨大バルーンも空気が抜かれて柵《さく》の向こうに見えなくなっていた。「バボちゃんえんくなってもたー」「しぼんでるだけやって」惜しみながらぞろぞろとその前を抜けていく。

「このジャージ、このままもらっといてもいいんかな」

と末森さんがチームジャージの襟をつまんで言った。

「いいと思うよ。持っててください」

「ほんなら記念にするわ」

ふふ、と末森さんが思いだし笑いを頰に含んだ。棺野が着ている同じジャージの襟もとに横目を送り、

「ほーいえばお揃い着て歩くんなんて中学以来やなあ。今さらやけど不思議な感じやね。背が逆転したでかな」

中学のときは女子の非公式の試合ならだしてもらうこともあったため棺野は女子のユニフォームも持っていたのだ。逆に男子の試合がろくになかった。

「いやその、ほういうこと言われるとこのままマネやってくださいって言いたなるんで……」

「今回だけやって。もうやらんよ」

笑って即答で断られてしまった。それはそれでけっこう残念な……。

「今はもうあんたとお揃いは恥ずかしいわ。新年度からちゃんと正式なマネ探しねや。有能でかわいいマネ来てわたし以上にみんなの心摑《つか》んだりしたら、まあ妬《や》けんでもないけど……一年後もここに来る気やったら、マネのサポートは必要やよ」

末森さんが背後を振り返る。棺野もその視線をたどる。二人の足が自然ととまり、先を歩くチームメイトと距離があく。

二日間の休息に入って静まり返った東京体育館が暗がりが落ちた広場の向こうに佇《たたず》ん

でいる。東京の一月の快晴の下で白銀色に輝いていた円盤形の屋根も今は明度を落として夜空の受け皿になっている。日中の乾燥した空気にも夜になると湿り気がまじる。フードで陽射《ひざ》しをよける必要もない時間なのでしっとりした風に髪が晒《さら》される。福井と違って漆黒にはならない東京の夜空だが、雲一つないブルーブラックの空に小さな星の光をいくつか見つけることができた。

——そっか、逆だったんだ。

と、ふいに思い至った。

なにも見えていなくても夜空は空虚ではなく、いっぱいの星で満ちているように。空っぽだったんじゃない。いっぱいで、いっぱいで……それ以上の感情が入る隙間がないくらいいっぱいだっただけなんだ。末森さんが言ったように、胸はいっぱいだったのだ。

両手の甲を上向けて見下ろすと、ジャージの袖口からだした蒼白《あおじろ》い肌が夜空の下で余計に蒼みを帯びて浮かびあがる。三日間、湿疹《しっしん》や体調不良の兆候すら一度もなかった。日なただとか日陰だとか、なにも気にせず普通の選手と同じように会場内を自由に走りまわっていた。

昼間のように明るく、空が広がるように開けたアリーナで一日中思い切りバレーができた。宝物のような三日間だった。

バレーボールと出会って、続けてきたから、こんなとっておきのご褒美みたいな経験を得ることができた。

足りないものを痛感した。あっという間に終わってしまった……けれど、胸いっぱいの経験も持って帰れる。

もう一度ここに戻ってこられるように。ぴかぴかした太陽色に輝くオレンジコートにもう一度立てるように、小田の夢を今度は自分の夢にして、福井に帰ったら自分の挑戦をはじめよう。

「おいてきますよー。棺野せんぱーい、末も……」

背中にかけられた黒羽の声が途中でむぐっと消え入った。

「おいてけおいてけ。二人で迷子にさせてまえ」

と囁《ささや》き声にしてはでかい大隈の声がなにか文句を言っている黒羽の声を運んで離れていく。

「あほなことしか言わんな、もう……」末森さんが大隈にあきれて「行こっさ」と言った。

東京体育館に背を向けて二人も千駄ケ谷《せんだがや》駅からこぼれる灯《あか》りを目指し歩きだした。

駅の手前の交差点で信号待ちをしていた仲間に追いつく。黒羽が大隈のネックロックをほどいて灰島の隣に逃げ込んだ。

黒羽をちらと見た灰島が、ふと首をまわして来た道を振り返った。なにかを感じたような視線につられて黒羽も振り返った。棺野も、他のみんなも一年二人につられて振り返った。

清陰を送りだしたところで、ちょうど幕がおろされるようにガラス扉の中に見えていた光が全て消え、東京体育館の姿が闇に覆い隠された。

清陰の春高バレーがここに閉幕した。

3. SALTYSWEET

ホテルに帰って荷物をまとめ、紋代町のバスツアー組と一緒にチームは慌ただしく東京を発《た》った。大雪にでもならなければ明日の早朝みんなは福井に着く予定だ。

灰島と黒羽はホテルの前でバスを見送ると、個々のエナメルバッグだけを担いで電車で家に帰った。

灰島が週末まで学校を休んで東京の家に泊まっていくことになったため、それなら黒羽も泊まらせてもらって残りの準決勝と決勝を二人で見ていけと言われたのだ。来年のためにセンターコートを直《じか》に目に焼きつけてこい、と。

東京のマンションに黒羽を連れていくのは二度目になる。ただ前回は父親の帰宅前に立ち寄っただけで黒羽は玄関先にしか入らなかった。

対面式のダイニングキッチンとリビングがひと続きになっていて、他は灰島が使っていた部屋と父親の寝室の二部屋からなる2LDKの間取りだ。黒羽の感想の第一声は「まじで部屋こんだけ?」だった。紋代町にはマンションなど建ったことがないどころか単身の公務員向けのアパートが一棟あるだけなので集合住宅自体が黒羽には珍しいらしい。

今頃みんなはバスの中で食べているだろう弁当を二人のぶんだけ持ち帰ってきたので食卓で食べた。「あ、仏壇」腹が満たされてから灰島が思いだし、黒羽を連れて父親の寝室へ行った。

洋間に馴染《なじ》む慎ましい仏壇の前に並んで座って手をあわせた。腐ってもさすが旧家の息子で、ろうそくと線香に火をつける手つきは黒羽のほうが慣れていた。

母親について憶《おぼ》えていることは多くないが、笑顔でこちらを見ている遺影と向きあうと「ノブくん、チカちゃん」と呼ぶ声が十年前のおぼろげな記憶から再生される。父親が「公信《きみのぶ》」で一文字目が同じだから二文字目が愛称に取られたようだ。

ひと呼吸手をあわせただけで腰をあげようとしたが、隣で黒羽がまだ目を閉じて妙に真剣に手をあわせていた。首をかしげて灰島ももう一度仏壇に目を戻した。

母親が福井の生まれじゃなかったら、幼い頃黒羽と出会わなかった。

変な仮定だが、母親が死ななければ灰島は東京へ引っ越さなかったし、灰島がバレーボールクラブに入ったのは父子家庭で鍵っ子だったからだから、そうするとバレーをはじめるきっかけもなかった。そしてこれも変な仮定だが、中学でハブられて福井に帰ってこなければ黒羽と再会しなかった。そうしたらたぶん紋代中の男子バレー部はほとんど活動停止状態のままで、黒羽はバレーを本気でやっていなかった……。

「…………長くね？　人んちの仏壇にそんな拝むことあるか？」

と、思考をひと巡りさせてもまだ黒羽が微動だにしないのでいい加減飽きてきて話しかけると、黒羽がやっと目をあけた。胸の前であわせた手はそのままに、遠くを見るような目で仏壇を眺めてしみじみと言う。

「……起こらんほうがよかったこともあるんやろけど、いろんなことが重なって、こうやっておまえとバレーしてて、みんなで春高行ったんやなあ」

同じこと考えてた……と驚いた。

ピンポン、とそのとき部屋の外でインターフォンが鳴った。父親がダイニングでインターフォンに応じる声が聞こえた。

今日誰かが訪ねてくるような心当たりは灰島にはないが、

「あっ、来たんかも」

と何故《なぜ》か黒羽が心当たりがある顔でぱっと立ちあがった。

「でてくれる、坊ちゃん」

ダイニングから廊下に顔を覗かせた父親が黒羽に言うと「はーい。お待ちしてましたー」と黒羽が玄関先にでる。「誰？　ってかおれんちだよ。おまえんちじゃねえよ」ドアをあける黒羽の後ろから灰島は訝しげに首を伸ばし、

「おわっ!!」

試合で一度もだしたことがないような声がでた。

「こんばんは、黒羽くん。お招きありがとう」

髪をシンプルに一つに結んだ背の高い女性がちょっとすました感じでドアの外に立っていた。

「こんばんは、チカ。手は大丈夫？」

反射的に黒羽の陰に引っ込んだ灰島にも笑みが向けられた。

「だ、大丈夫……こんばんは」

黒羽の背中にひっついてその肩口から目だけを覗かせる。顔が白くて唇がピンク色につやつやしていたので「わ。三波《みなみ》先生、化粧してる？」とつい訊いたら「小学生の感想けや」と肩越しに振り返った黒羽に突っ込まれた。

「失礼ねー。いつも薄くはしてるわよ。今日はパーティーにおよばれしたからちゃんと

お直ししてきただけです」

「パーティー、って……？」

灰島は目を白黒させた。

「二人とも試合お疲れさま。今日行けなくて本っ当残念だった！　見たかったなあ、チカたちの大奮闘。どうだった？　十六歳の誕生日……大きい試合が二つもできたね。チカのことだからきっといっぱい楽しんだんでしょう」

「チカ。ちょっとおいで」

とダイニングの戸口から父親が呼んだ。父親は今日もツアーの人々と一緒に応援してくれていたが、三波先生は勤め先の小学校の出勤日だったのだ。

手招きされるまま父親の脇からダイニングに入る灰島のあとを黒羽が気味の悪い含み笑いをしながらついてくる。入れ替わりに廊下にでた父親が「柏木《かしわぎ》先生、あがってください」と三波先生を招き入れた。

仏壇に行っているあいだに弁当の容器は片づけられ、かわりに白い箱が食卓の上にだされていた。七〜八インチ四方の台紙に高さのある蓋《ふた》がかぶさった——形状から箱の中身はすぐに察せられた。

「どうしたの、これ……」

父親への問いだったが黒羽が答えた。

「ホテルからここまでおれが紙袋持ってたん、ぜんぜん意識に入ってなかったんけや……。傾けんよーにひっで気ぃ遣ってたのに。しかもこれ冷蔵庫入れといてくださいっておまえの目の前で親父さんに渡したやろ」

「まじで？　ぜんぜん気づかなかった」

「ほんっとおまえは……スイッチのオンオフが極端すぎや」

黒羽に「あけてみい」と促され、食卓に近づく。蓋の左右に手を添え、慎重にまっすぐ持ちあげた。

丸ごとホール一個の、つややかなチョコレートのコーティングを纏《まと》ったケーキが台紙の上に現れた。『灰島くん　おたんじょうびおめでとう』――上に載ったチョコレート細工のプレートにチョコレートのペンでそう書かれていた。

「すげぇ……。ちゃんとした誕生日のケーキだ」

「チームのみんなからや」

後ろで言った黒羽を振り返り、ケーキに目を戻してプレートの字を読みあげる。

「はいじま……くん」

家族が注文したものなら普通は下の名になっているように思うが、苗字《みようじ》で書かれているのはそういうわけだった。

「でもおれ、誰にも言ってない。今日誕生日だって……」

「エントリーシートに生年月日書くとこあるやろが。灰島らしい誕生日やって小田先輩感心してたわ。ほんとにバレーの神様に愛されてるんやな……って」

灰島の誕生日は毎年まず間違いなく春高の真っ最中になる。春高の開催日程は一月初旬の曜日の並びで年ごとに変わるが、全国的に多くの学校で冬休み最終日となる一月七日は曜日にかかわらず必ず期間中に入る仕組みなのだ。

東京にいるあいだに灰島の誕生日を迎えることに小田が気づき、

〝勝ち残ってたら休憩日の前の夜やし、ホテルで祝えるんでないですか〟

と女子部との交流も長いだけある棺野が誕生会を思いついたそうだ。ケーキはホテルに頼んでおけば用意してもらえるだろうと青木が言い、

〝灰島って甘いもんの好き嫌いはあるんけ。食えんケーキねぇかリサーチしてこい〟

と青木から指令を受けた黒羽がこっそり灰島の祖母にリサーチしてあったという。

箕宿戦では最高の誕生日だと思った。

景星戦の前には黒羽との口論のせいで最悪の誕生日に変わった。

景星戦の最中はまた最高にエキサイトして、試合後はやっぱり悔しさもあって——ジェットコースターみたいに気分が昇降しながら、身も心も尽きるまで仲間とともに戦った、長い一日は、

「負けてもたでサプライズパーティーはできんくなったけどな……今日がおまえの誕生

日やって、みんな知っててずっと戦ってたっちゅうことや」

自分一人で噛みしめていたときよりも、何倍も何十倍も特別な誕生日になった。

ケーキにろうそくを立ててささやかな誕生日パーティーが行われた。甘いものは普通に好きなものの甘「すぎる」ものは食べられないが、表面の濃厚なチョコレートコーティングにナイフを入れると断面は黄身色のスポンジと薄茶色のチョコクリームが層になっていて、ちょうど口にあう軽い甘さだった。ばあちゃん、おれが好きなケーキよく知ってたな……。

四人で食卓でケーキを食べたあと、一切れ目より大きく切ってもらった二切れ目を載せた皿を持って二人で灰島の部屋に行った。

二年前に福井に単身引っ越したときに持っていったのは最低限の私物だけだったし、そのあと誰かが住んだわけでもないので部屋の状態は変わっていない。黒羽が寝るための布団を敷いたら床がほぼほぼ埋まるので、ベッドを背にして並んで布団の上に座った。

灰島の右手はテーピングと包帯で本来の倍くらいに太っているが、安定する部分でうまく皿を支え、左手で問題なくフォークを扱ってケーキを口に運ぶ。

部屋に引っ込んでからはどちらからともなく言葉少なになった。

黒羽が膝の上でケーキをつつきながら興味深げに部屋を見まわす。いくつかの場所でさりげなく目をとめた黒羽の視線を灰島もなぞる。カラーボックスに差さっている中学二年の教科書……風通しのため開け放してあるクロゼットの中にかかっている東京の中学の臙脂《えんじ》のブレザー……。

「捨てなきゃな」

灰島が呟くと、クロゼットのほうを見ていた黒羽が「いいんけ？」と振り向いた。

「処分しそびれてただけだし、とっておくこともないだろ」

空になった皿を脇によけ、背中を倒してベッドに後頭部を預ける。天井に丸い汚れが一つあるのがわかる。ベッドが軋《きし》み、黒羽も隣で同じ体勢になった。

「あれ、直上パスの痕《あと》か。すげぇな。おんなじとこにあてたってことやろ」

「同じ場所に百回あてるの一セットにして姿勢変えたりして一日中やってたからな」

「上の階に知らん人住んでるんやろ？　怒られんかったんけ」

「平日の真っ昼間だから誰もいなかったんじゃねえの」

素朴な疑問に答えると黒羽が気まずそうに口ごもった。「別にいいよ。今は」と灰島は淡泊に言う。

不登校になっていた頃の生活がここにはまだそのまま残されている。ここから福井へ逃げだした、あのときのまま……。だが口にだしても今はもう痛みはともなわない。

「……なあ。景星の、あの話やけど……。ちゃんと向きあって考えてみんけ」

と、黒羽が切りだした。蒸し返されることは覚悟していたが、びくりと身体に力が入った。

勝ったら二度と口にだすなと条件をつけたのは自分だ。負けたからには一応は話を聞くしかない。だが口の中に残る甘い味が急に苦くなったような気分になる。

「これは先に誓って言っとくで。追いだしたくて言うんやない。おれかっておまえを手放したない。誓って追いだす気なんかない」

「わかってる……っていうか、それはわかった……」

黒羽がわざと負けようとしたなんてことはもう疑っていない。試合を通じてそんな疑いは消え失《う》せた。

「先輩たちにも話したんや。おまえがえんとこで」

だが黒羽の告白を聞いた瞬間、灰島は跳ねるように起きあがって黒羽側に身体を半回転させた。

「言うなって言ったじゃねえか!!」

馬乗りになって胸ぐらをわし摑みにした。黒羽の背中ががんっとベッドの枠にぶつかった。リビングのほうで父親と三波先生の談笑が聞こえていたが、突如響いた怒鳴り声にぎょっとしたように静かになった。

「すまん」

抵抗せずに黒羽が謝る。

「おまえが絶対行かんっちゅうてることも、先輩たちにちゃんと話した。清陰にはおまえの替えになれる奴はえん」

「そうだよ。おれのかわりは誰もやれない。だからっ」

「ほやでや。清陰じゃおまえの比重がでかすぎるんや。みんな全身全霊でやってたって、ちっせぇチームやで足りんぶんはある。戦力不足は自分で埋めればいいっておまえは考えてるやろけど、そのためにおまえ一人が突き抜けて働いてまう。試合終わるごとに医務室行くはめになったんがなんべんあったと思てるんや」

黒羽が顎《あご》を引いて胸もとに視線を下げた。灰島の右手の包帯にその目が向く。とっさに黒羽側に伸ばしやすかった右手で胸ぐらを摑んだので包帯の下で脈打つような痛みがぶり返していた。

「おまえの限界を清陰が狭めるんは本意やないって棺野先輩も言ってくれた。おまえがなにを選択しても、みんなおまえの選択を支持してくれる。おまえが行ける世界はもっとずっと広いはずやってわかってんのに、みんなが背中を押さん理由はないんや」

拒絶の根拠を一つ突き崩され、片足の足場がなくなったような感覚に身体が傾いた。青木じゃあるまいし外堀を埋めてから説得するような真似《まね》をしてきた黒羽に怒りが募った。

「選択……？　選択ってなんだよ……清陰以外の選択肢なんてない……」

残った足場に必死で踏みとどまるような気持ちで否定する。

「指いじる癖、やらんくなったな」

黒羽が真顔で急にそんなことを言った。

「無意識かもしれんけどよう指いじってたな。あれ、東京にいたときのこととなんかが重なったときにやる癖やろ。夏合宿んときは大隈先輩たちの悪ふざけで急に様子おかしなったのに、今日はなんも気にしてえんかった」

爪が飛んだ直後のプレーで、ボールについた指の形の血痕が目に入った。だがそういえばあのとき、嫌な記憶はなにもよぎらなかった。去年の夏は大隈たちが仕掛けた肝試しのあと夢でうなされるくらいダメージが残ったのに。

「今ならおまえ、東京に戻れるんやないんけ。行けんと思い込んでるだけでねぇんか」

黒羽の顔を目を見開いて見つめ返した。

「……いやだ……」

小刻みに首を振る。感情論でしかない拒絶を繰り返す。

「いやだ。どこにも行きたくない。清陰にいたい。清陰でしかやれない理由を、なんでおれから取りあげようとするんだよ……」

「おまえはなんで清陰でしかやれん理由を必死で探してるんや。理由を探さなあかんくなってる時点で、選択肢は一個でなくなってるんでねぇんか？」

言い返したかった。黒羽の言葉になにも納得なんかしてない。なのに理屈で反論する言葉が浮かばず、口だけが虚《むな》しく開閉する。

「バレーのことになったらおまえは絶対に間違わん。主観や願望に流されんと正確なことが見えすぎるで、ほんで鋭く裁きすぎてもて、誰かの反感買ったり、誰かを傷つけたりしてきたな……。おまえのそういう正しさに、今はおまえ自身が苦しんでるように見える。理屈で正しいほうを選べるとは限らんっちゅうんが、今のおまえには身に染みてるはずや。そういうことで迷えるようになったんは、清陰でのおまえの変化や。清陰があったで次の一歩を踏みだせるんや」

バレーを取るなら〝正しい〟答えはわかっている――景星のほうが清陰よりなにもかも整っているのはあきらかだ。チームの体力にも余裕がある。厚い選手層を駆使して最高に面白いセッターの仕事ができるだろう。景星のスパイカーにトスをあげてみたいと実際思った。あの五枚攻撃を自分だったらどう使うか考えただけで胸が躍る――……

「いやだ……正しいほうなんてわからない……」

わかりたくない。

頰を滑った涙が、口の中でチョコレートの味と混じりあった。

それは清陰への裏切りだ。自分を救ってくれた場所への。

「清陰を勝たせられるのはあと二年しかないんだ。二年くらい清陰のためにやったっていいだろ」

「三年しかないっていつも言ってるんはおまえや。残り二年しかないいんを無駄に使う気けや」

「無駄じゃない!!　二年あればおまえがあとどれだけ強くなるのを見れると思ってんだよ？　三日でびっくりしたくらいだったんだ。二年なんて三日の何倍かわかってんのか？」

　いつしか胸ぐらを摑んでいるというより半ばしがみついて押し倒していた。灰島の険しい視線を黒羽が落ち着いたやわらかい視線で受けとめる。

「おまえがずっとそうやって言ってくれてたでや……」

　うっすら赤らんだ目を黒羽が嬉しげに細めた。

「でかい翼持ってるって、おまえが教えてくれたでや」

「だからずっと……!!」

「おまえがいたでおれはここまで来たんや。おまえと一緒にバレーしたいっちゅうんが、ずっとおれん中の動機やった。おまえとやるバレーがおれのバレーやった……。今、こんなとこでおまえを潰したら、おれのバレーもなくなるんや……」

灰島は喧嘩腰《けんかごし》になっているのに、黒羽はずっと真摯に粘り強く言葉を重ねる。だから景星戦の前のときのように跳ね返せない。チョコレートの味と、涙の味と混じりあって甘塩《あまじょ》っぱい言葉が心の底に届いてくる。聞きたくないのに、聞きたくない言葉も聞かなきゃいけなくなる。

こっちを見上げる黒羽の眉間が細かく震えた。

「ずっと一緒にやろうって約束、守れんくて、すまん」

手の端でこめかみを一度拭うと、最後だけ声色を若干険しく引き締めた。

「満足しようとすんな——灰島」

意識下を言いあてられた気がして、心臓がどくんと脈打った。

「おれが知ってる灰島って奴は、誰もついてけんくらい欲張りで、いつだって人より二つも三つも上ばっかり見てる、筋金入りのバレーバカや」

4. SERVES YOU RIGHT

一月十一日日曜日。春の高校バレー最終日、男子決勝は前日の準決勝で芦田《あしだ》学園を下した景星学園と、大分県代表・鳥江《とりえ》工業高校の対戦になった。景星にとっては三大会前のリベンジマッチでもあった。

九州地区は全九州王者・福岡箕宿を筆頭に長崎、熊本、鹿児島、沖縄といった全国上位に食い込む強豪がひしめく群雄割拠のブロックだ。大分の鳥江工は三年前に春高王者に輝いている。北辰《ほくしん》時代に突入する前年、北辰を準決勝で退《しりぞ》けた佐々尾《ささお》が決勝で敗れ、全国制覇の機を逃した際の相手がその鳥江工だ。

準々決勝の清陰戦を経てからの景星はスロースターターの汚名を返上して集中力を維持し続けていた。五セットマッチとなるセンターコート戦を第一セット、第二セットと連取して王手をかけると、続く第三セットも景星24－20鳥江工とリードを保ってチャンピオンシップポイントを摑んだ。

初優勝の文字が目の前にはっきりと見えた。

色めいた応援団がスタンドで総立ちになり刮目《かつもく》して決勝点が刻まれる瞬間を待っている。

が、しかし——ここで急に流れがとまった。決勝点を取り切れず、鳥江工に三連続得点を許して景星24－23鳥江工まで追いあげられた。歓喜がはじける寸前まで飽和した景星側スタンドに不穏なざわめきが生まれる。反対に鳥江工側が勢いを盛り返す。

『景星学園、一回目のタイムアウトです』

タイムアウトを告げるブザーが響き、場内アナウンスが流れた。ブザー式のタイムアウトの合図も場内アナウンスもセンターコートだけにある趣向だ。

応援団に広がる不安をよそに、ベンチ前に集まった選手たちは冷静だった。

「勝ち切れない理由はみんなわかってる顔だな」

苦々しげに浅野《あさの》は言って山吹《やまぶき》、豊多可《ゆたか》をはじめ一、二年の主要メンバーの顔を見渡した。額に汗は浮かんでいるもののどの顔にも浮き足立った色はない。初優勝のプレッシャーで硬くなっているわけでもない。では逆に気が緩んだのかというと、そんな顔でもない。

「そ、い、う、のにこだわらなくていいから。どんな勝ち方でもいいよ」

決勝点を浅野に決めさせようとしているのだ。そのための状況が作れなければ一点捨てる――それが失点が続いた原因だ。チームの調子がなにか狂ったわけではない。

「鳥工にだって再起の意地がある。こっちが挑戦してる立場だよ」

と後輩たちを締めるものの今一つのれんに腕押しといった反応だ。口を挟まない若槻に助けを求めて視線を送ったが、

「勝ち逃しさえしなけりゃおまえらの好きにしろ。どんな勝ち方でもいい」

などと若槻まで一、二年の思いがわからないでもないような顔で言うので「先生ー……」と浅野は呻《うめ》いた。

「勝ち逃しそうだからやばいんでしょ……。自分が決めなくても、高校でいい思いして卒業しますよ。誠次郎《せいじろう》、いいからベストの選択しろ。誰が決めてもいい。一点しっかり

取って、勝とう」

　鳥江工のサーブから試合再開。景星と同様に北辰時代は優勝争いから遠ざかっていた鳥江工も必死だ。逆転勝ちすることができれば三年ぶりに全国王者に返り咲く。

　レセプションを豊多可が綺麗《きれい》にあげて攻撃の選択肢を確保した。ただ鳥江工のブロッカーも集中力を切らしていない。同点に追いつかれたらデュース。試合の流れを確実に分ける一点を山吹が浅野に託した。

　って、追いすがられてからの責任重大な場面で託されたら外すこともシャットされることも絶対にできない。

　これ、決めないと――！

　プレッシャーが心の隙間に入り込む。一瞬の〝逃げ〟の気持ちがミスになりかねない。

――と、「豊多可！」「はいよ！」とフロアで山吹と豊多可がカバーを敷いて呼応する声が聞こえた。

　一度で決まらなくても仲間のフォローがある。山吹と豊多可、どちらが拾ってもどちらかがセットにまわって全スパイカーが再攻撃できるチームだ。

　信じろ。これからの景星を受け継ぐ頼もしい後輩たちを。

　ブロッカーの手を視界に捉え、思い切ってスパイクをぶつけにいく。右手がボールを打ち抜く音と、直後ブロックの端を砕く音がドドガンッ！と連続した。ワンタッチを狙って吹っ飛ばしたボールに鳥江工のリベロがダッシュする。

相手のトランジション・アタックになっても景星のブロックがまだ有利な状況だ。油断なく指示が飛び交って前衛ブロッカーが布陣し後衛がフロアディフェンスを敷く。浅野も着地ざま相手コートから注意を離さずブロッカーにまわる。

鳥江工のリベロが防球フェンスに迫る。同じフロアにアリーナ席が設営されているぶん多面コートより観客の顔がずっと近い。アリーナ席を満員にする人々の興奮が防球フェンスの向こうで最高潮に膨れあがる。

ボールがリベロの頭を越え、防球フェンスの向こうに飛び込んだ。

その瞬間、結局それが景星の最後の攻撃になった。

二十五点目のホイッスルはスタンドで突きあがるようにわき起こった大歓声に掻《か》き消され、浅野の耳には聞こえなかった。

コート上のメンバーとベンチから飛びだしてきた控えメンバーが二重の輪になって押し寄せてきて、輪の真ん中でもみくちゃにされる中で、会場中の歓声と拍手を突き抜けて鳴り響いた試合終了のホイッスルを聞いた。

整列して礼を終え、コートの中央でまたよろこびあう選手たちの輪の外で菊川《きくかわ》が泣きだしていた。「マネージャーも入れてやって！　こっち！　佳樹《よしき》！」浅野が呼ぶと一、二年が場所を譲り、いつも冷静な菊川が顔をくしゃくしゃにして飛びついてきた。

「ありがとー!!」

「ありがとー!!」

　フロア上にたった二人の三年で抱きあって感謝しあった。まわりを囲む一、二年が笑って囃《はや》した。

　客席からかけられる多くの声の中から「直澄《なおずみ》ーっ！」と呼ぶ佐々尾の声を耳が聞き分けた。アリーナ席の最前列の端まででてきて柵の向こうで手を振っている佐々尾の姿を見つけると浅野は「ちょっとごめん！」と仲間の輪を抜け、コートの外へ駆けだした。

「直澄！」

　佐々尾が柵越しに身を乗りだす。

「広基《ひろき》さんっ……!!」

　夢中でその腕の中に飛び込んだ途端、たまらず涙が溢れだした。「広基さっ……」嗚《お》咽《えつ》に言葉が呑まれた。二年前のように佐々尾の肩に顔を押しつけ、声をあげて泣いてしまう。

「勝ちましたっ……」

「ああ。おめでとう」

　佐々尾の声も潤んでいた。

「おまえのために勝ったか？」

背中を優しく叩く手の感触とともにそう訊かれた。

ここまで来た執念の半分は、たぶん復讐心《ふくしゅうしん》のようなものだった。誰でもいつでも何度でも挑める場所ではない。高校三年間しか挑むことができない場所だ。限られた高校生活を賭《と》してこの場所を目指す者、そして目指せる立場にすらいないその他大勢の人々の思いや願いまで外から乗せられて、凝縮された時間と思いは、いつしか歪《ゆが》みも内包してしまう。その渦中にいる者たちを囚《とら》え、押し潰してしまうこともある。一つの勝利の陰で多くの涙や悲劇が消えていく。

春高の優勝旗がそんなにいいものだとは、おれは思ってなかったんだ……。

けれど、

「はい」

と答えた今の気持ちに嘘はなかった。

チームメイトに囲まれた瞬間、なんの外連《けれん》もなく素直な達成感が衝《つ》きあげてきた。これは自分自身のためのよろこびだ。この仲間で摑んだ日本一は最高の場所だった。三年間の最後にここにたどり着くことができて、今、最高に幸せだった。

それにやはり、半分は復讐心だった。佐々尾や、他の先輩たちや、そして弓掛《ゆみかけ》や……大切な人たちの涙を吸ってきた春高に、絶対に負けたくなかった。

ざまあみろ……。おれは二度と春高《おまえ》のために後悔の涙は流さない。

佐々尾の肩越しに無数の拍手がまたたくアリーナ席の中に弓掛の顔があった。

佐々尾と一緒にアリーナ席で観戦していた弓掛が席の前で立ちあがっていた。

「直澄！　おめでとーっ!!」

席から声を張りあげた弓掛を「篤志《あつし》！」と浅野は呼んだ。「篤志！　篤志！」佐々尾に抱きついたまま手を伸ばして必死で呼ぶ。弓掛が驚いた顔をしたが、直後、衝き動かされたようにぱっと席を離れた。「すいませんっ」と同じ列の客の前を抜けて通路にでると、もどかしげに直角に曲がって階段を駆けおりる。

浅野も佐々尾から離れ、階段の真下まで柵沿いを駆けた。

こらえきれなくなったように弓掛が涙を拭った——夏に箕宿の日本一が叶《かな》ったときにも涙は見せず、歓喜に涙するチームメイトたちを力強く笑って受けとめた弓掛が——浅野の勝利のために濡《ぬ》らした顔を手で拭い、階段に躓《つまず》きかけて、歯を食いしばって顔をあげた。

属するチームを異にしても、直接浅野を応援し、景星の勝利に気兼ねなく歓喜する立場ではなくても、弓掛こそがずっとこのときを待ってくれていた。ずっと力を貸してくれていた。ずっと願ってくれていた。

ガンッと段を蹴って弓掛が大きく跳んだ。

「——直澄っ！」

難なく柵を跳び越えてきた弓掛を浅野は両手を広げて抱きとめた。

遠くからいつもたくさんの言葉や励ましをもらってきたのに、こんなに間近で弓掛は急に言葉に詰まった。しゃくりあげてただきつくしがみついてきた。

「強かったよ……」

掠《かす》れ声の短い言葉が、他の誰のどんな讃辞《さんじ》よりも浅野の胸をいっぱいにする。

「篤志がいなかったら、強くなれなかったよ……」

客席監視のスタッフに注意される前に弓掛のほうから踵《かかと》を床におろしてすぐに離れた。注意すべきか迷っている様子だったスタッフに向かって手振りで爽《さわ》やかに謝り、また柵を跳び越えて客席側に戻った。

佐々尾と合流すると、

「ほら、胴上げ行ってき」

と泣き笑いの顔でコートを指さした。

コートでチームメイトが待っている。選手と観客を隔てる柵の外で見守る二人に浅野は頷いて背を向けた。

「すっげぇ泣いてる、直澄さん」

コートに戻った浅野の顔を見て豊多可が驚いた。浅野は頬を濡らす涙を拭い、

「そりゃ泣くでしょ。最高」

と晴れやかに笑った。「直澄さんにそんな顔させられたらこっちも最高でしょ」と得意げににやにやする山吹の目も赤らんでいた。

菊川やトレーナーと労をたたえあっていた若槻の姿を探し、

「監督を胴上げ！」

明るく言って、浅野は自ら一番先に駆けだした。「直澄を先にしろよ」などと及び腰になった若槻に部員たちが笑いながら押し寄せた。

観念した若槻の長身をみんなで抱えあげ、「いち、に、さん！」で投げあげた。何台ものテレビカメラや記者たちがそれを取り囲んでフラッシュを焚《た》いた。

高校バレーの新たな時代を必ず牽引《けんいん》していくだろう新王者・景星学園の歩みが、ここからはじまる。

5. MAGMA UNDER THE SNOW

「優勝したな」

「ほやな」

三階スタンド席に座る灰島と黒羽のあいだで短い会話が一往復した。

コートフロアでははしゃいだ胴上げが続いている。監督の若槻を三回ばかり宙に投げあげておろすと、次に主将の浅野が捕まって担ぎあげられた。

センターコートとなる後半二日間だけコートフロアに設けられる特設アリーナ席は朝の開場時間前から並ぶ一般客で開場と同時に満席になる。男子決勝の開始時刻前に灰島たちが入場したときには二階スタンドも一般客と応援団で埋まっており、三階スタンドにやっと二つ並んだ空席を見つけた。試合がはじまってからも入場者が絶えず、立ち見客が通路に隙間なく並ぶまでになった。

二階席とアリーナ席を満員にする観客の頭を隔てて見下ろすセンターコートは遠かった。

遠くて、眩《まぶ》しい。

ぱらぱらと叩いていた拍手もすでにやめ、光浴びる最高のコートで最高の瞬間を迎えた彼らの姿を灰島は瞼《まぶた》に焼きつけた。

今は遠くても、あの眩しさを別世界の光だとは感じない。

ただ、来年からの自分がどんな立場で、どこからあの場所を目指すのか——七日の夜まではそもそも迷いもしなかった。他の選択肢が差しのべられていることを固辞していたから。

黒羽からはもう決断を迫られなかった。自分の思いは全て伝えたというように七日の夜以降はあの話に触れもしない。あの日の迫力はなんだったんだというくらいの普段どおりの呑気《のんき》さでおのぼりさん気分の東京滞在を満喫していた。

福井にも東京にも灰島の生活基盤はある。父親がいる東京へ戻ることも、福井で祖父母と暮らすこともできるのだから、父親も祖父母も灰島の選択に反対はしないだろう。結局最後は誰かに責任を押しつけて決めてもらっても仕方ない。自分で決めなければ後悔することだ。

と、頭ではわかっていても、

「……わかんねえんだよ……なにを取ればいいのか……」

膝の上におろした手を見おろしてぽつりとこぼす。

隣の席の黒羽が顔を向ける気配がした。

自分のことを人に決めてもらいたくて弱音を吐くのなんて初めてだった。

「なあ、灰島。大事なもんは一コしか持ったらあかんと思ってえんけ。一コ取るために別のもんを捨てる必要はねぇんやぞ。増やしていいんや」

俯《うつむ》いたまま灰島はじっと黒羽の言葉に耳を傾けた。

なにかを取るためになにかを捨てることがこんなに苦しいのが黒羽が言った〝変化〟なら、変わらなくてよかったと思った。手放したくなくなるものなんか最初から手にしなければ苦しまなくて済んだのにと……。

手放さなくてもいい、という思想が自分の中になかった。

「おまえが一番大事なバレーを通じて、大事なもんをこれからもっと、抱えきれんくらい増やしていけばいいんや。ほれってひっでもんに幸せなことやと思わんけ？」

抱えきれないくらいの大事なものをまわりから自然と与えられて育ってきた奴だから、こいつの中からは自然にそういう思想がでてくるのだろうと、皮肉なしに素直に思った。

幸せに育つことは、優しさを育てるように黒羽を見ていると思う。

大事なものをいくつも持ったことがなかったから、今までは優先順位をつけるのに迷わなかったのだ。

今までは、バレーボール、しかなかったから。

＊

『見学に来ないか？』

と若槻から突然電話があったのは、九日の金曜日、景星の準決勝の前日だった。顧問を通じて東京に灰島が残っていることを知ったようだ。

『交渉するのは景星が優勝したらってことだったはずです。まだベスト４ですよ』

挑発的な灰島の返答に、

『優勝する力がないと思うか？　本当にそう評価してるんだったら、準々決勝フルセット使ってうちのなにを見てた？』

と若槻が挑発で返してきたので負けず嫌いの火がめらっと燃えあがった。

一人で行こうと思う、と黒羽には言った。

〝行ってこい。おまえの前にある選択肢や。怖がらんで決めるために、自分の目で見てこい〟

そう言って黒羽はことさら呑気そうに東京観光にでかけていった。

遠方の学校が勝ち残れば宿泊先に滞在して主催者から練習場所を割り当ててもらうが、景星は大会期間中ずっと自校の体育館で練習している。翌日の試合に備えて負荷の軽い調整をしている日とのことだった。

設備の整ったまだ新しい私立校の体育館に銘誠《めいせい》学園の体育館がどうしても重なった。ボールの音が響いてくる体育館の入り口に立つとき、唾液が減って口中の渇きを覚えた。

「邪魔すんな、そこーっ！」

佐藤《さとう》豊多可の声だとすぐにわかる怒鳴り声が中から突き抜けてきた。

「レセプションこっちに任せろっつってんだろ！　ｂｉｃｋ入る気ないのかよ！　前突っ込んで助走潰すな！」

一年に頭ごなしに怒鳴りつけられているのは二年の檜山《ひやま》だ。檜山も一方的に言われるだけではない。

「さっきはおまえがおれの助走路邪魔してbickk入れなかったんだろ！」

「そーいえばそーでした！　意思疎通していきましょう！」

しれっとして佐藤が態度をひるがえし、「任せるからな」「はいよ！」と二人が手をぶつけあうような強いタッチを交わしてコートに散る。大会中にも感じていたが、上級生にすこぶる遠慮なくものを言う佐藤がまったく浮いていないチームの空気にはあらためて驚く。

ゲーム形式の練習は軽負荷の調整日とは思えないほどヒートアップしていた。入り口で立ち尽くす灰島の頰を緊張感がびりびりと叩いた。

「銘誠中時代の話は聞いてるって言ったろ」

灰島を連れてきた若槻が背後で言った。

ちらと振り返っただけで灰島はむすっとして体育館に目を戻した。が、真冬ながら人いきれが満ちる体育館の熱気に心臓がそわそわと騒がしくなる。口中にいつの間にか唾液が溜まり、思わず舌舐《したな》めずりをした。

コートの外にいた部員たちが灰島と若槻に気づいた。コートに入っていた者にもそれが伝わり、佐藤が「あっ、灰島公誓《きみちか》！」とフルネームを呼んだ。

「インターバルじゃないぞ。このセット集中！」

浅野が部員たちの注意をコートに引き戻し、山吹にだけなにか合図した。

ゲームの続きが再開したが、他の部員とセッターを交代した山吹がタオルを肩にかけて歩いてきた。

「自己紹介しなくてもおれの顔は嫌ってほど目に焼きつけたと思うけど、二年の山吹。おまえが入ってくる頃にはおれが主将になってる予定だから。よろしく——灰島」

「中学のときから顔は知ってます。白石台中《しらいしだい》の山吹誠次郎ですよね」

気障《きざ》っぽく挨拶した山吹を灰島は鋭い視線で見返して言った。「へえ」と山吹が軽く驚いた。

「まだ入るっていう返事はもらってねえんだよ。おまえ口説けよ、誠次郎」

「おれがですか？　こいつが来たらおれが危ないじゃないすか……」

若槻に命じられて山吹が迷惑そうにぶつぶつ言ったが、歓迎したくないのかと思いきや、真顔で灰島に向きなおると、

「で、おまえは？　当たり前にレギュラーになれるとこで安心してやってんの？」

ぽこっ、と身体の中で液体が沸騰する音がした。

「もし入ったら正セッターはすぐに奪《と》りますよ」

挑発に乗って宣言したのはただのその場の条件反射だ。

「強いチームを作るだけだ。来いよ。逃げんなよ」

山吹が心持ち片頬を強張らせて受けて立った。

＊

新幹線と特急列車を乗り継いで十一日の夜に福井駅に着いた。清陰の三学期は八日からはじまっているが灰島と黒羽にとっては週明けからが短い三学期だ。

本格的な雪のシーズンはこれからだが、一週間以上東京にいるあいだに雪が深まり、駅前のそここに雪山が積みあげられていた。ロータリーに停《と》まったワゴンの前で黒羽の〝おんちゃん〟が白い息を吐いて二人を迎えた。

「おーおー、おかえり。ボンも公暫もご苦労さんやったなあ。公暫は手ぇ痛ぇんやろ。貸しね貸しね」

黒羽とひとまとめにして自分の親戚の子を迎えるようにおんちゃんに扱われて灰島はちょっと閉口しつつ荷物を渡す。大袈裟《おおげさ》な包帯をされているが怪我《けが》自体はバレーをやっていれば決して大袈裟なものではない。

「……ただいまで、いいのかな……。まだ……」

おんちゃんが荷物を積んでいるあいだにぼそっとした声で黒羽に言った。

黒羽がきょとんとした。

「大事なものは、増やしていい、んだよな……」

胸にこみあげたものを呑み込むような、ひと呼吸の間をおいてから、黒羽が目尻に皺を寄せて笑った。安心したように——すこしだけ、後悔したようにも見えたのは、自分がそう思いたかったせいかはわからない。

「ほや。どこ行こうが福井はずっとおまえの帰ってくる場所なんやで。ただいまでいいんや」

黒羽に続いてワゴンに乗り込む前に駅舎を振り返った。

東京と比べれば駅前でも街灯りがほとんどなく、吸い込まれそうなほど闇が深い夜空に建て替えられてからまだ比較的新しい駅舎が厳《おごそ》かに浮かびあがっている。顔を上向けるとほろほろと降る重い雪が睫毛《まつげ》を濡らした。駅舎の上に掲げられた『福井駅』という文字がぽつり、ぽつりと視界の中で滲《にじ》む。

あれはなんて名前だったっけ、昔見たことがある、ガラスの球体を逆さにすると中に閉じ込められた景色に雪が舞う玩具《おもちゃ》を思いだした。大会中に思い描いていた、どこまでも膨張する宇宙に漕《こ》ぎだしていくような感覚が縮小し、手が届く範囲に世界が閉じ込められると、ひとときの心が安らいだ。

まばたきをして睫毛に積もった雪を払い、

「ただいま」

と駅舎に小声で呟いた。

初雪が降った十一月末の代表決定戦の日に駅まで送ってくれたワゴンだ。福井から紋代町までまだ道中は長い。車内で延々大音量の落語を聞かされることになるんだろうとうんざりして乗り込んだが、走りだすとすぐに眠気に襲われ、紋代町の家に着くまで深く眠った。

エピローグ　スイングバイ

三月初旬の福井にはまだ桜の蕾《つぼみ》が芽吹く兆しもない。しかし全国的に同時期に発生するこの学校行事は福井にも同様にやってくる。

その日、ピンク色のリボンを制服の左胸につけた青木《あおき》と小田《おだ》を祝いに集まったバレー部の面子《メンツ》に黒羽《くろば》が欠けていた。

「ほうか。黒羽は関西行ってるとこやったか」

二年生四人という面子を見渡して青木は合点した。

春高《はるこう》でのプレーに目をとめられ、黒羽がユースの強化合宿のメンバーに入ったのだ。大阪で行われるというその合宿でちょうど黒羽が留守にしている日、清陰《せいいん》高校では卒業式があった。

「一年が一人もえんくなって、見送りが結局二年だけって、去年と変わりばえせん面子で白けるな」

「おれ、おれ！　おれがいるで新鮮やろ！」

大隈《おおくま》の自己主張で去年は二年生が三人だったことを思いだした。大隈が入る前はもっと静かな部だったはずだが、いつの間にやら今のほうがもうすっかり平常になってしまったのも妙なものだ。

「ほういやほうか。なんかもうおまえがえんかった頃が想像できんくらいやな……。ありがとうな、入ってくれて」

すんなりと青木が言うと「お、おおうっ？」と大隈がオットセイみたいな声をだして目を丸くした。

「ま、まあ来年の清陰はおれにまかせて、主将も副主将も安心して卒業しろって。みんなの面倒はおれが見てやるで」

「ああ。頼りにしてんぞ」

「ちょちょっ、ツッコミ待ちに決まってるやろ!?　春高帰ってきた頃からなんか変に優しくねぇか!?　そんなんやとこっちも調子でんで前の副主将に戻ってくれー！」

困窮した大隈が大袈裟《おおげさ》に頭を抱えてみんなの笑いを誘う。

「ほう。厳しいほうがお望みなんやったら……福井王者を死ぬ気で守り抜いてもらおうか。おまえらの代ですぐ福蜂《ふくほう》に王者奪還されるようなことになったらどうなるか、わかってんやろな？」

　わざと声色を変えて脅すと「きょ、極端やなっ」と大隈が蒼《あお》くなり、内村《うちむら》、外尾《ほかお》まで「ひぃ」と息を呑《の》んだ。

「はは。それはそれで厳しいですね」

　と棺野《かんの》も引きつり笑いを浮かべつつも、

「けど、もちろん死ぬ気で守り抜きます」

　主将を引き継いで二ヶ月。頼もしくなった顔で請《う》けあった。

「青木はなかなか来れんくなるやろけど、おれは四月からもこっちにいるでちょくちょく顔だすわ」

「ほーですよね。小田先輩は遊びに来てくれますよね」

「誰が遊びに来るなんて言った？　青木のぶんもしごいたるで楽しみにしてろ」

　青木を真似《まね》るように小田が物騒な声色を作った。呑気《のんき》な顔に戻った矢先に内村や外尾がまた蒼ざめるはめになり、小田が楽しげな笑い声を立てる。

「ほれにしても、思ってた以上にすげぇ人やったんですね、青木先輩……。春高出場したあとで一般入試で関関同立の法学部受けて合格してまうんやで」

「第一志望は落ちたけどな」

「いや十分すげぇですって。これで現役で京大受かってたら化け物ですよ」

　本命にしていた京都大学法学部に現役合格するにはやはり準備不足が祟《たた》ったが、滑りどめで受けた関西の難関私立には現役合格している。卒業式も終わったことだし今日から引っ越し準備にかからねばならない。

同じく関西方面の大学を中心に受験した小田のほうは、もう一年福井に残って予備校に通うことになった。

「青木先輩、ほんとにもうバレーは続けんって決めてるんですか……？」

すこし寂しげな二年からの問いに、小田も笑いを収めてちらりとこっちを振り仰いだ。

「お。卒業ソングってカテゴリできてんぞ。季節やなあ」

「やっぱここは『贈る言葉』やろ」

「もっと最近の歌でいいやろー」

カラオケ店に六人で入り、「主役の二人はずいっと奥へ！」とコの字型のソファの上座に三年組が押し込まれた。タブレット型リモコンを囲んでやいやいしながら選曲している二年組を青木は渋い顔で見やって溜《た》め息を漏らした。

「一年抜けて二年だけになるとどうもぬるくなるな。来年ほんとに大丈夫なんか心配になってきたわ」

「おれよりおまえのほうが心配性やな。そんな心配せんでも、やるべきことはちゃんとやるやろ、こいつらやったら」

小田のほうがさして憂《うれ》えていないようだ。くつろいだ様子でテーブルの上の唐揚げをつまみ、

「なんだかんだで春高から帰ってきてからゆっくり話すタイミングなかったな。あっという間に二ヶ月もたつんか……」

と、しみじみ思い返すように言った。

東京遠征から帰還すると二人ともすぐにセンター試験の準備に突入したこともあり、この二ヶ月身辺が落ち着かなかった。言われてみると二人で並んでこうやってどこかに腰を落ち着けるのは東京からの帰りのバス以来になる。

「なあ。勉強したいことと、将来やりたいことあるって、言ってたやろ……。なんなんか、訊《き》いてもいいか？　法学部に行くんと関係あるんか？」

「変な遠慮せんでも、普通に訊けや。司法試験受けたいと思っててな」

「司法試験……。すげぇなあ」

雲の上の話をするみたいにちょっとふわふわした声で小田が呟《つぶや》く。「っちゅうことはあれか、弁護士になるんか？」すげぇなあ……と口の中でもう一度。

「司法試験目指してることとが弁護士目指してることとイコールやねぇけどな。検事のほうにも進めるし。そこはまだわからん。まあもし弁護士になったら、将来おまえがなん

か困ったとき弁護したるわ」

「おれは犯罪者になんかならんぞ？」

「犯罪者になるとは思ってえんけど、セコい奴に騙《だま》されてまずい話の保証人になってもて他人の借金抱え込んだりはしそうやろ」

「おまえはおれにどういう将来像抱いてんや……。おれはそんな不幸になるんか」

ジト目で睨《にら》まれ、青木はごまかし笑いをしてデキャンタからグラスに注いだコーラに口をつける。運ばれてきたばかりなのに最初から炭酸がだいぶ抜けていた。喉《のど》を落ちるぼけた味がまた今日のぬるい空気に妙に似合う。

「三十くらいになったら七符《ななふ》の市議になるんもありやな。停滞してる市町村合併の話動かして紋代町《もんしろちょう》の黒羽家と折衝するってのも面白ぇかもしれんな」

　これはまあ今のところは冗談だが、「そんな具体的に将来考えてんやなあ……」と小田が本気で感心して唸《うな》った。

　司法試験は勉強に集中する時間が取れれば対策の立てようはあるし、七符くらいの小さな市の市議会議員になるのも、市出身で大学をでてＵターンする者にとって必ずしも非現実的な話ではない。弱小バレー部が全国大会に行くなんていう夢を見るほうが青木に言わせればよほど雲の上の話なのだが、小田に自覚がないようなのが相変わらず面白い。

「もし本当にそんな未来になったら、バレーから離れても結局青木にずっと助けてもらうことになるんやな。なんか永遠に世話になりっぱなしになりそうな気ぃして頭があがらんわ」

「バレーでおまえを助ける仲間はこれからもいくらでもできるやろ。おれは他のことで助けたるわ」

「ほうか……ほやな。うん。ほやな」

と、小田が急に噛《か》みしめるように一人で頷《うなず》いた。「今の話のどのへんが腑《ふ》に落ちたんや？」青木が首をかしげると、

「一緒にバレーやらんようになっても、縁が切れるわけやねぇんやもんな。寂しい気になんかなることねぇな。ほやほや。実家も近いんやし、ずっと繋《つな》がってるんやで。お互いいつか結婚して子どもできて、孫もできてじいさんになっても」

いかにも晴れやかな顔でこういうことを言う奴である。

「……ほやな。はは」

青木は空笑いに頰を引きつらせて目を逸《そ》らした。わからなくていいとはたしかに言ったが……それにしても、だ。本当にじいさんになるまでわからんのか……？

＊

六月半ばのこの時期になると、校内では球技大会の話題が活発になる。制服で入ってくる部員と練習着に着替えてでていく部員で雑然とする女子バレー部の部室でも「なんにでるか決まったー？」といった会話が楽しげに、あるいは物憂《ものう》げに交わされていた。

「荊《いばら》ちゃん、お待たせー」

あやのが着替え終えるのを待って荊は一緒に部室をでた。

部室の前で二階の通路の奥から歩いてきた棺野、黒羽の二人とばったり会った。「ちわっす」と頭を下げた黒羽は半袖にハーフパンツ姿だが棺野は長袖のパーカーのフードを目深に引き下ろして「お疲れさまです」と陰気に会釈した。

西に傾いた陽射《ひざ》しにプレハブの部室棟の外通路が晒《さら》される時間帯だ。形ばかりの庇《ひさし》の上には梅雨入り前の晴天が広がっている。

幅の狭い階段を列になっておりる四人の足音がカンカンとかしましく響く。

グラウンド使用の大所帯の部は頻繁に出入りがしやすい一階の好立地を与えられているのに対して体育館使用の部は二階に配されている。女バレの部室は二階の階段の近くだが、今や清陰高校運動部きっての強豪となった男子バレー部の部室は相変わらず二階の一番奥である。

「今日そっち外やで体育館やろ、棺野」

そして相変わらず週の半分は屋外コートでの練習なので、棺野は女子の練習にも未《いま》だ参加している。全国大会出場を盾に取って他部の練習場所を奪うわけにもいかないので、今年度も男バレの練習環境に大きな変化はない。

「球技大会のこと話したいんやけど」

と荊は続けた。

ソフトボール、フットサル、バスケット、そしてバレーボールの各種目で競われる球技大会では各運動部が実行委員に協力して運営を取り仕切る。しかし男子バレー部は慢性的に部員不足のため毎年女子バレー部からヘルプを貸しているのだ。

「そっか、その話もせんとあかんかったね。今日ちょっと先に老先生のとこ行かなあかんのやけど。練習試合のこと相談しに」

「県外の学校と練習試合なるべく組みたいって話やったっけ」

「うん。春高でだいぶコネクションもできたし。ほやけど県外遠征増やすとやっぱぱたいへんなるし、一年の部員もふるい落とさんようにやりたいし……」

「未経験者もいるんやろ？　そんだけやる覚悟ある子ばっかりやないやろね」

春高出場の影響はやはり大きく、一年生は未経験者を含む七人が入部して男子部は部史上まれにみる大所帯になった。まあ二、三年が少ないのでそれでも総勢で十名ちょっとだけれど。

休日に県外遠征を多く組めばどうしても部活に割く時間も金銭的な負担も増える。ただ全国大会出場レベルのチームはどこも県内よりも県外のチームと練習試合を重ねてレベルアップを図っているのが実際だという。

彼らにとって福井はもう小さいのだ。

レベルも体力も目標も、部活動という枠組みの下でやっている以上さまざまな部員がいるのは仕方ない。女子部ですら部員間の格差は大きいのだから今の男子部ではなおさらだ。全国屈指のエースからバレー初心者までまとめて面倒みなきゃいけないなんて荊だったらなにから手をつければいいのか途方に暮れる。

でも、誰だって最初から強かったわけじゃない。ボールのへそでできた痣《あざ》に毎日涙をこらえていた中学一年生の男の子だった自分のことも忘れないでいて欲しい。一進一退しながらだんだん思いどおりに自分の身体《からだ》を扱えるようになって、ボールが手に馴染《なじ》む手応《てごた》えを感じられるようになって、あるとき一気に目の前が明るく開けた、あの感覚も。とんとん拍子に成長を感じていた日々に突然壁が立ちはだかって、なにをやってもうまくいかなくなった時期も。躓《つまず》いて伸び悩んでも、諦められずしがみつかずにいられなかったのは、上達することの楽しさを知ってしまったから。

「ほういうわけで球技大会のこと、いつ話そっか」

と棺野が話を戻すと、

「おれ引き受けますよ？」

と立候補の声があがった。

後ろからついてきていた黒羽に荊と棺野の視線が向いた。

「ほうけ？　頼むわ。助かる」

「ほんならあとで外コートに一人行かせるわ」

「はい。ん？……って今年は末森《すえもり》先輩やないんです」黒羽が不思議そうに言いかけたところを途中で自分で納得したようで「……よね」と軌道修正した。

球技大会の仕事の調整役には試合でレギュラーに入る見込みのない部員が派遣されるのが女子部の慣例になっている。

「ん。二年の子が行くで」

頭に浮かんだ後輩の顔に去年の自分を重ねて荊は微苦笑し、

「よろしくの」

と誠心をこめて託した。

ちょうど一年前、バレー部をやめようと思っていたときに、外コートで目にした黒羽のスパイクに魅せられた。まだ身体の細い一年生がなんて軽やかに伸びやかに跳ぶのだろうと。なんて……嫉妬《しっと》で胸が焦げつくようなスパイクをするんだろうと。

一年前はまだどう見ても一年生というあどけなさがあったが、高校二年生という真ん中の学年になり、最下級生の甘えはだいぶ顔から抜けた。三年生ほどにはまだ落ち着いた貫禄《かんろく》はないが、身体は一年分着実にできあがり、縦に伸びるだけだった骨格を支えるしっかりした筋肉が腕や脚に備わってきた。

本当に男子は一年ごとに驚くほど成長する。その中でも一年生でも三年生でもない二年生はとりわけアンバランスなエネルギー体だなあという感想を抱く。遠くから見れば十分に華奢《きゃしゃ》なのに、近くにいるとはちきれんばかりのエネルギーを内包した熱源の存在感がある。

一人別れて屋外コートへ向かう黒羽が身をひるがえして駆けていく。

あやのが悩ましげな溜め息をついて言った。

「ほんっともぉ、どんだけ食べても簡単にカロリー消費しそうな身体しててていいよねえ、あの子」

腕の振りにあわせてTシャツの下から肩胛骨《けんこうこつ》の形が浮きでる背中を見送って荊は「ほやのぉ」とくすりと笑った。

部活がなければ黒羽みたいな子は発掘されなかったのではないかと思う。放っておけばいずれバレー以外に夢中になることを見つけたのかもしれない。

黒羽祐仁《ゆに》という男の子がバレーボールをはじめてくれた幸運に荊は感謝したくなる。バレーボールと巡りあってくれて、バレーボールに夢中になってくれて、ありがとう、と言いたくなる。

＊

屋外コートを囲って迫《せ》りあがったフェンスが坂の上に見えてくる頃には、ボールの音と部員たちの声も遠く響いてきた。男子運動部ならではの低く間延びした不揃《ふぞろ》いなかけ声を聞くと小田の胸は懐かしさに高鳴る。

三年間でうんざりし尽くした坂道を卒業後三ヶ月たってもまだ上ってフェンスのたもとにたどり着いた。

砂地に立てられたネットを挟んでまちまちの練習着を着た約十名の部員がバレーコートに散っている。体育館の板張りの床とバレーシューズのラバーが鳴らす鋭い摩擦音のかわりに、砂を蹴る濁音とともに白煙が地表に立つ。

手を叩いてトスを呼びながら助走してきた黒羽がざんっと地面を踏んで膝を沈めた。グリップも床反力も板張りより弱い地面でなんだってこんなに跳べるのか、相変わらず驚愕《きょうがく》する跳躍力で身体が宙に舞う。大胆に背を反らしたテイクバックのシルエットが白帯《はくたい》の上に掛かる夕陽を横切り、小田は目を細めてつい魅入られる。

助走の入りの早さに一年生のセッターが焦ったようだ。トスが黒羽の打点よりかなり低くなった。上からフルスイングでは叩けない。黒羽がとっさにボールの側面をぶっ叩いてブロッカーの大隈の手にぶつけにいった。

ブロックにあたって吹っ飛んだボールが小田が立つフェンスに激突した。頭の上でフェンスが震えて金属音が響き、小田は軽く肩を竦《すく》めた。

フェンスに食い込んだボールが一拍おいて剝がれ落ち、小田の目の前を通過して地面で跳ねた。

「あっ、小田先輩。すんませーん！」

小田に気づいた黒羽が額を拭って謝ってきた。コートからこちらに意識が逸《そ》れた途端、鬼気迫る凄《すご》みが影を潜めて人当たりのいい笑顔が覗《のぞ》いた。

ちわーっすという二、三年の挨拶《あいさつ》に倣って一年がこんにちわと緊張気味に挨拶する。今ではOBとなった小田は現一年とは直接的な関わりがない。小田のほうも少々ぎこちなく挨拶を受け、金網の扉をあけて中へ入った。

「なんや黒羽、今のめちゃくちゃな打ち方ー」

ブロックアウトにされた大隈が黒羽に文句を言った。

「悪球打ちが得意にならんでいいんやぞ」

と小田も助言し、足もとのボールを拾いあげた。

「おれもまざっていいけ」

外コートでは棺野のかわりに練習を仕切っている副主将の外尾が「もちろんです。小田先輩入ってくれると六対六でやれるんで」と歓迎した。

「ほやけどこっちに顔だしてもらってていいんすか？」

「どうも鈍《なま》ってまうでな。身体動かしたほうが勉強も集中できるわ」

「ほーゆうもんですかねえ」

「単にバレーしたいだけやないんかあ、元主将？」

「ははは。まあそれもあるな」

「二浪は避けんと青木先輩と二学年差んなってまいますよー？」

小田が現役の頃よりも関係がゆるくなったせいか内村や大隈、黒羽もまざってからかい口調で囃《はや》される。

「おれが来年合格したら結局同学年になるかもしれん。仮面浪人しようかなとか言ってるで」

「まじすか。仮面浪人って……なんとなくやけど青木先輩らしい将来設計ですねぇ」

春から関西で独り暮らしをはじめた青木とはときどきメールはしている。

来年京大の法学部を受けなおそうかと考えていると、私立大に二ヶ月通った青木が言いだした。小田の頭で京大なんぞ受かるべくもないので志望校ですらないが、小田も進学先は関西方面を考えている。

ほんなら来年そっちで一緒に大学一年からやりなおすか、という話を最近した。

「ほれより黒羽はユースの強化合宿また呼ばれたんやって？　すげぇな」

自分一人が浪人生という状況で話題を引っ張られるのも体裁が悪いので小田は黒羽に話を振った。

「ありがとうございます。チームを勝たせれんかったのに……」

「あほなこと気に病まんでいい。三村《みむら》かって一次合宿までしか呼ばれんかったらしいで、三村よりすげぇってことやぞ。大手振って行ってくればいいんや」

今年も六月の初旬にインターハイの県予選があったが、清陰は春高に続く全国大会出場を果たすことができなかった。

新チームで苦戦した試合もありつつ黒羽を戦力の中心に据えたチームで懸命に決勝までは勝ち進んだ。決勝で激突したのはやはり、前王者・福蜂工業。代替わりして去年の主要メンバーの過半数が抜け、三村統《すばる》のような絶対的カリスマを失った福蜂も必ずしも順風満帆ではなかった。しかし新全国王者となった景星《けいせい》学園が知らしめた戦術を早くも研究し、持ち前の攻撃力に加えて組織ディフェンスも強化してきた福蜂は予想以上に手強《てごわ》いチームになっていた。

清陰の王座は半年で陥落した。

無念は無論あった。せめてあと二年、ともに戦った後輩たちが在学中は県王者を守って欲しいという小田自身のプライドもあったのは事実だ。だが卒業した自分のプライドになど意味はない。後輩たちの選択が報われて欲しいと願う一心で、小田も試合会場で懸命の応援を送った。

インターハイへの切符は福蜂に譲ったが、七月にあるユース候補の合宿メンバーに黒羽がまた入ったことはチームにも小田にも誇らしいことだった。三月の合宿に続いて二度目の召集だ。県高体連の役員も務める福蜂の監督の畑《はた》が強く推してくれたこともあったらしい。

「あいつは……？　今回も入らんのかな……」

声色を落として小田は訊《き》いた。

「さあ、どうなんですかねぇ。おれも他のメンバーまだ知らんので」

と、表面的には淡泊に黒羽が流した。

朗らかな人当たりには以前と変わったところはないが、黒羽の生来ののどかな人柄の奥に人知れず深い穴が掘り進んでいるような、そんな印象に小田は時折り言葉をかけられなくなる。

あれから、おまえも無傷じゃなかったんだよな……。

春高での大きな敗戦を経験したのちも、二年生エースとしての重圧を引き受け、一度ならぬ挫折《ざせつ》を味わったはずだ。

最近の黒羽の成長が頼もしくもありつつ、まるで傷の修復を繰り返すごとに皮膚が、筋肉が厚く強くなっていくように身体つきが逞《たくま》しくなってきたのが、同時にやるせなくもある。

繊細《せんさい》なまま成長するのと、そういうものを失って強くなる代償にある種の鈍さを備えていくのと、どちらが幸せなのか、答えがわかるほどには小田も達観していない。小田自身も未だおとなになる途中だ。

＊

春高で目立ってユースに選ばれる。おれがおまえを連れていく——自分自身は当然のように選ばれる気で不貞不貞《ふてぶて》しく言い放った当人の名前は、三月の合宿には入らなかった。

部活中に女バレの二年の部員がノートを一冊携えて外コートにやってきた。ちょうど去年の同じ時期には末森が来たのを黒羽は憶《おぼ》えている。

全部一年前の球技大会の頃だった——中三の夏以来断絶状態にあったあいつがようやくコートに戻ってきた姿を見られたのも、試合中に取っ組みあいになったりいろいろあってバレー部に引き入れることができたのも。楽しくバレーをやりたいだけだと、かわりに部を去る仲間がいたのも……。そして、本気で春高出場を目指すというチームの覚悟が固まってスタートを切った。

この一年間、一日単位で思い返せば、授業時間と練習時間で大部分が占められる一日はひたすら長かった。眠気に耐える授業中は教室の時計の針が五分進むのが恨めしいほどのろかったし、練習は練習で終わりのほうになると力を振り絞って足を動かす五分間が永遠に終わる気がしなかった。

あとから思えばあっという間なのに、渦中にいるあいだは何故《なぜ》か無限に時間が長く感じた。

濃縮ジュースの原液みたいな一年間が一瞬で過ぎていった。

「のぉ。黒羽って春高のエースなんやろ？」

女バレの女子と二人で球技大会の打ちあわせをはじめていたとき、ふいに訊かれた。

「ああ。まあ」

春高のエースという表現が正しいのか微妙だが黒羽が一応頷くと、

「スパイク打ってみせて」

と請《こ》われた。

「別にいいけど……。なんで？」

首をかしげつつも女子の前から腰をあげた。露骨に不貞腐れた態度でやってきて打ちあわせにも消極的だったので黒羽のほうもやりづらくてうんざりしていたのだ。

「莉先輩に」

と、地面に体育座りした女子が膝頭に暗い目を落とす。末森からの引き継ぎ事項が書かれたノートを膝と一緒に抱え込んでぼそぼそと愚痴る。

「男子のバレーをいっぱい見る期間にすればいいって。チャンスやって思えばいいんやよって、言われて来たけど……ひっくり返ったって男子みたいには打てんのに、どうやって参考にしろっていうんやろ。今のままじゃ駄目やっていうんはわかるけど、じゃあなにがあかんのやろ、なにすればいいんやろって、ぐるぐるしてたらなんか余計にうまく打てんくなってもて……」

「男でも女でも、やってるバレーは同じやろ。全力でジャンプして、あげてもらったトスを力いっぱい打つ。こっから全部はじまるんでねぇんか」

——一番高く跳んで、一番高いとこで打て。あとはおれがあわせる。

声が聞こえた気がした。

　はっとして黒羽はコートを振り返った。コート上では練習が続いている。積極的に指示を飛ばす外尾の声も、呼応する部員たちの声も体育館のようには反響せず拡散して山の上の空に吸い込まれる。外シューズが立てる砂埃《すなぼこり》で視界が煙《けぶ》る。

　熱の入ったプレーが行われているはずのコートの景色が白くぼやけて、ふと現実感を見失いそうになった。

　あの真ん中で、いつもコートをコントロールしていた声の主はいない。

　スパイカーが一番高く跳んで、一番高いところで打つ——どんなときだってそのためのトスをあいつは身を捧げてあげ続けていた。

　灰島が愛する、世界でもっとも美しく強く、面白いバレーボールは、全てそこからはじまっていた。

　スパイカーがそこまで飛べることを確信して、乗れる風を教えてくれた。全幅の信頼をおける力強い風が身体を運んでくれた。

＊

　福井の空にはまだ分厚い雪雲が立ちこめ、雪を連れてくる雷が低く唸《うな》る、一月の最終週の金曜だった。

夕練後、普段であれば集合・ミーティングののち掃除・片づけをして解散となるが、その日だけは誰からともなく先に掃除・片づけをすべて終えてから、モップを綺麗《きれい》にかけなおしたコート上に集まった。

三年が抜け、六人のみになった一、二年が自然と輪になって立った。今日までは六人——明日から四月に新入生が入ってくるまでの約二ヶ月間は五人で活動することになる。

灰島の清陰での最後の練習日だった。

「じゃあ……これで」

まるで素っ気ないような言葉しかでてこない自分自身が歯痒《はがゆ》く、後ろめたさが募った。この日が決まってから何日もあったのだからなにか挨拶を用意しておくべきだったのだろうが、最終日ぎりぎりまでいつもどおりみんなと練習したかったから、思考の外に追いやっていたのだ。

「ん。ほんならな」

と、棺野が前に立ち、柔らかい福井弁でほとんど同じ意味のことを言った。肩を叩かれ、それからふわっと抱きしめられた。棺野にそんなことをされたのは初めてで驚いた。棺野が離れると内村にも「ほんなら。元気で」と同じように抱きしめられ、「ほんならな。夏、会えるといいな」と次に外尾に抱きしめられた。「ほんならなっ」と吹っ切るように強めの口調で言った大隈に強めに抱きしめられて踵《かかと》が浮いた。

言わなきゃいけないことがあるはずだった。感謝、という表現ではぜんぜん足りない気がする感情が自分の中にいっぱいに溢《あふ》れていた。けれどそれをどう言葉にしていいかわからず、かわりに大隈の腕の中で咳《せき》が一つでた。

「ちょうどよかったみたいやな」

体育館の入り口で声が聞こえ、制服姿の小田と青木が現れたとき、喉《のど》もとまで水位が上昇していたものが一気に決壊し、目の前が水没したように揺らいだ。

大隈が名残《なご》り惜しそうに離れる。場所をかわった小田が伸ばした腕の中に、思わず自分から頭を低くして収まった。

「ほんならな、灰島」

みんな言葉は短かった。でもなにも足りなくなかった。温かい思いが伝わってきた。だとしたら自分の言葉もみんなにちゃんと伝わったのだろう。拙《つたな》い言葉をわかってもらえる人たちに囲まれた幸福を嚙みしめながら、もっと自分の気持ちを伝える言葉を使えるようにならなきゃいけないと思った。これからはそうとは限らない。ここを巣立つのだから——。

「泣かんでいい。今生《こんじょう》の別れやないんやで」

小田の手に頬をぐいぐい拭われ、次に青木が小田と場所をかわった。「ほなな」と青木にはくしゃっと軽く頭を撫《な》でられた。けれどそれで離れようとした青木がふと身体の向きを戻した。溜め息とともに抱きしめられ、しゃくりあげる子どもをあやすみたいに背中を叩かれた。

最後に黒羽が前に立った。

「ほんならな」

と黒羽もみんなと同じように言った。ただ唯一、黒羽だけは手を伸ばしてこなかった。

「インハイであたったら、今度はネットの向こうやな」

覚悟を決めた笑顔でそう言って、自分の番を終えた。

「──チカ」

と呼ぶ声に、立ちどまって何気なくキャンパスの風景を眺めていた灰島はビニール傘をあげて振り返った。

「体育館あっちだって」

長身のチームメイトがひょろりと長い手に差した傘で道の先を示した。構内案内の看板の前でもう一人のチームメイトが「チカ、なにやってんだよ。こっちこっち」と手にしたプリントを振って呼ぶ。

プリントで指示された集合場所の体育館は構内ではへんぴなところにあるらしい。雨で週末のせいもあって道を訊けそうな在学生の姿も見かけなかった。

「今行く」

と雨粒で曇った傘を差してそちらへ歩きだした。

道沿いに咲いた青い宝石色のアジサイが雨に打たれている。

福井の雨の匂いをふと感じたのは、緑が多いキャンパスだからだろう。

東京に戻ってきて初めての梅雨どきを迎えると、東京と福井との空気の匂いの違いは雨の日に一番強くなることに気づいた。

東京都内でも西郊のほうへ来ると都会の風景からすっかり外れ、緑に囲まれた広大な大学キャンパスも点在している。今回この大学の体育館で行われるU‐18の強化合宿には今年十七歳になる高校二年生を中心に約二十名のユース候補が呼ばれている。

さあさあとそぼ降る長雨の中、景星学園のジャージにナイロンのリュックを背負った二人と合流し、縦一列になって構内の私道を歩いていく。

「滑り込めてよかったよな、チカ」

荒川亜嵐《あらかわあらん》が最後尾を歩く灰島を振り返って親しげに言った。身長のぶん三人の中で一人だけ傘の高さが飛び抜けている。

「そーそー。この合宿とインハイでアジアユースの正式メンバー決まるからな。ここで目立っとかないと」

と先頭を歩く佐藤豊多可《さとうゆたか》が張り切る。

例年十二月に高校一年生を中心に招集して第一回の合宿がナショナルトレーニングセンターで行われ、その後メンバーの絞り込み、あるいは追加をしながら何度か合宿が重ねられる。アジアユースの代表メンバーに入るにはぎりぎりの時期である今回の合宿で灰島はやっと初めて呼ばれることになった。

三月の合宿は転校してから間がなく、福井からも東京からも推挙されない状況だった。批判もあろう転校だった。一家の転居といったやむを得ない理由もなく高校の途中で春高優勝校への転校だ。だが春高での対戦前から若槻《わかつき》が灰島にラブコールを送っていたという噂《うわさ》が何故か広まっており、〝景星のヘッドハンター〟が灰島を強引に引き抜いたというのが大方の見方になっていた。若槻のほうはどうだか知らないが灰島自身は批判をまったく聞かなかった。

東京に戻ってきて五ヶ月。七月中に公式戦の出場資格が回復し、若槻の目論見《もくろみ》どおり八月頭のインターハイ本戦には出場できる。景星は激戦の東京都予選を勝ち抜いて第一代表を無事に獲得していたが、灰島はベンチ入りもできずスタンドで見ているしかなかった。東京が全国最激戦区と言われるのは単に学校数の話だけではない。上位四校により代表二枠を争う決勝リーグは全国大会の上位レベルに相当するハイレベルな試合になる。見ているだけでも刺激を受けたし、けどやっぱり自分がでたくて、うずうずして仕方なかった。

本戦では山吹《やまぶき》と灰島がベンチ入りするセッターになるはずだ。今年が最終学年となる山吹もスタメンセッターを譲る気はないので目下互いにめらめらと闘志を燃やしている。九月のアジアユースにも出場できたら、今年の夏は溜まりに溜まっていた試合への欲求を解放できる。さらにはアジアユースの代表メンバーに入ることが来年行われる世界ユース大会（U－19）のメンバー入りにも直結してくる。

「絶っ対、ユース代表取る」

雨景色をぎらぎらと睨《にら》みつけて独りごちた灰島に、

「おれも絶対取る！」

「絶対取るからな！」

と豊多可と亜嵐も負けじと声をかぶせた。

「っていっても実際のとこ同じチームから三人も呼ばれるの異例だって直澄《なおずみ》さん言ってたから、ポジション違ってもチカも亜嵐もライバルだからな？」

「出身チームのバランス取って選ばれてる感じだもんなー」

「実力で無視させればいいだけだろ、そんな縛《しば》り。なんのための代表だよ」

言い切った灰島を二人が意表を突かれたような顔で振り返った。「……なんか今すげえ悔しくなった」豊多可が亜嵐と顔を見合わせて頬を膨らませた。

「三人で代表取るぞ。アジアユースだけじゃない——」

灰島の宣言に二人も発奮し、

「世界ユースの代表も取る！」

脳筋三人で行かせたらツッコミがいないじゃんと山吹に言われつつ送りだされた三人の声がハモった。

「浅野《あさの》もU-20の合宿あったんだよな。メンバーって他に誰？」

「直澄さんー。呼び捨てすんな」豊多可が眉をひそめて訂正したが、知識は披露《ひろう》したいようで嬉々《きき》として教えてくれる。「去年のU-19と一緒で弓掛《ゆみかけ》がまた文句なしに主将だってさ。川島が外れたのは復帰に向けてリハビリ優先させるからだって。あとは鳥工《とりこう》とか芦学《あしがく》出身の奴の名前もあったけど、名前知らない奴もけっこういた」

「三村統は？」

「三村……って大学生？　どこの？」亜嵐はきょとんとしたが、

「祐仁の前に福井のエースだった奴だろ。大学は忘れたけど」豊多可はその名前を知っていた。

東日本インカレが先日終わったが、関東の大学に進学した三村が復帰した話はまだ聞かない。やはり現時点ではU－20のメンバー入りのチャンスすらないだろう。

チャンスは高校時代から強豪チームで注目された選手だけにあるのではない。むしろ高校での実績はリセットされると言ってもいい。大学での選手個々の伸びしろで、誰にでもチャンスはある。


〝一年以内に絶対復帰する〟


去年の年末に聞いた三村の決意を思いだす。

三村にとっては舞台はこれからだ。約束どおり、絶対コートに戻ってこいよ……。

福井の英雄に思いを馳《は》せてから、

「って、なんで祐仁呼びなんだよ」

豊多可が呼んだ名前が今さら頭に引っかかった。

「おれと亜嵐は三月に祐仁と会ってるじゃん」

「あっ。体育館ってあれかな」

と、会話を遮って亜嵐が進行方向を指さした。

自分たちが来た道ともう一本の脇道が合流するY字路で、合流した道の突きあたりに白い建物が見えた。二階建てだが床面積は広く、正面に開放的なガラス扉が見える。

「やっと着いたー。他の奴らもう集まってるのかな」

声を明るくして豊多可も前方に向きなおった。

「合宿参加者だなー？　迷ったかー？　なにかあったときの連絡先書いてあったろー」

コーチかトレーナーと思《おぼ》しき男のスタッフがガラス扉に現れて声を張りあげた。

「すいませーん！　ジャッカン迷ってましたー！」

「景星の三人だなー」

「はい。自分たちで最後ですかー？」

「あと一人だー。そいつもたぶん迷ってる」

足を速める豊多可と亜嵐のあとに灰島も続こうとしたとき、
ぱちゃん
と、アスファルトにできた水溜まりを踏む音を背中に聞いて、振り返った。

もう一本の脇道から一人で現れた人影が傘をあげてこちらを見ていた。エナメルバッグを袈裟懸《けさが》けにし、ハーフパンツにジャージの袖を肘まであげた恰好《かっこう》で、水溜まりに片足を突っ込んだまま立ち尽くしている。黒い折りたたみ傘を差した手に合宿メンバーに配られたプリントがあった。

雨に打たれたアジサイと似た色合いのジャージが痛痒いような感触で記憶を引《ひ》っ掻《か》いたのは、たった今豊多可たちと親しく喋《しゃべ》っていた後ろめたさ、だろうか。

迷子が知った顔を見つけてほっとしたように、実際だいたいそのとおりなのだろうが、不安げに強張っていた頰がゆるんで目尻が下がった。どうにも頼りないところが変わっていなくて焦《じ》れったく思うのに、ああ、背が伸びたなと、変わったところにも気づく。最初に閃《ひらめ》いた安堵《あんど》の表情が消えると黒羽がぎゅっと唇を結んで顎《あご》に皺《しわ》を寄せた。

「……すまん。偉そうなこと言っといて、インハイ行けんかった……」

最初にそれを言わなきゃいけないと思っていたのか、あわせる顔がなさそうに俯《うつむ》いてそのことを口にした。

「おれがいたら福蜂に勝てた」

銀色の雨に濡れた道を隔てて灰島は言い放つ。

「おまえにそんなふうに思わせんために、県王者守りたかったけど……」

「簡単なことじゃない」

「ほやな……。おまえとやるバレーやなくて、自分の力でどこまでやれるんか挑戦してみたんやけど、簡単なことやなかった……。おまえに教わってきたバレーと、おまえ抜きでいっぺん向きあってみようと思ったんや。……けど、今年の清陰の夏はここまでになってもた……」

「下向くなって。だから今いるんだろ、ここに。おれが連れてきたんじゃない。自分の力で選ばせたんだろ」

道を戻って黒羽の前に立つ。景星の垢抜《あかぬ》けたライトグレーとイエローのジャージと、清陰のブルーのジャージ。背中に担いだナイロンリュックと、肩から袈裟懸けにしたエナメルバッグ。一目瞭然《いちもくりようぜん》で違うチームに属する二人の、傘を持った右手と左手が向かいあう。

傘の柄《え》の位置が五ヶ月間で伸びた身長を物語っている。だが縦に伸びた以上に、ふくらはぎや前腕の筋肉の密度がみっしりと詰まって逞《たくま》しくなったように見えた。

この脚で前よりもっと高く跳び、この腕でもっと強いボールを打つようになったのだ。チームのエースとして、仲間の誰があげたトスも決めようとしてきたのだ。

「おまえの限界を、おれのほうが作っちまってたのかもしれない……。だから後悔はしてない。おれもおまえも、これでよかったんだと思ってるから……」

「灰島。おれは、やっぱりおまえとバレーしたい」

と、黒羽のほうに否定された。

傘を握った拳を見下ろしたまま灰島は目を見開いた。

「一回離れてから、たまらんくらい身に染みた。灰島とやるバレーがいい。灰島のトス打ちたいって……」

その言葉に胸を揺さぶられる。

また一緒にやろうと、帰ってこいと、もし今言われたらどうする気になっていただろう。

景星でやるバレーが今は厭《あ》くことなく面白い。だが東京での日々が刺激的で充実すればするほど余計に、清陰での最後の日がずっと頭から消えなかった。景星にも大切なチームメイトができたし、恩義も感じている。だけど。でも……。五ヶ月前とは逆の方向を向いた選択肢の前に立たされて、あのときと同じくらいまた悩んだかもしれない。

帰ってこいとは、けれど黒羽は言わなかった。

「おまえとバレーしたい。――ずっと一緒やなくても、何度でも。おれは絶対これからも何度も考えると思う。〝灰島と一緒にバレーしたい〟って」

もとに戻ることはない。引き返すことは、もうない。

そのかわり、未来がある。

増えていくから……。これからも、もっともっと。全部未来へ持っていくから。

「……何度でもおれのエースになる、っていう宣言だって思ったからな」

黒羽の腕を小突こうとしたら手のひらで拳を受けとめられた。

体育館への道に二人で向きなおる。あの体育館に合宿メンバーが集まっている。代表入りを目指してしのぎを削るライバルであり、そして世界を相手に日本代表チームを組む仲間たちが。

違う色のジャージを着た肩を並べ、胸を張って歩きだす。

この先通っていく道が違おうとも、上を目指してバレーボールを続けている限り、今日のように何度も道は交わっていくはずだ。

ともに立つコートは何度も重なっていく。

そのときはまた、同じユニフォームに袖を通して。

「一番遅刻の二人がなにふんぞり返ってんだよー。早く来いって」

入り口の前で傘を閉じた豊多可が急かす声が響いた。

「ユニチカー！」

解　説

田中夕子

この仕事をしていると、さまざまな取材現場がある。そしてごくたまに、聞かれることがある。一番好きな取材は何ですか、と。

そのたび迷わず、答えて来た。「春高です」。

なぜ？　その魅力は？　そこまで深く突っ込まれることはあまりないが、もしもこの先そう問われることがあったら、これを読んで下さい、と伝えれば事足りるのではないかと思うほど、『2．43　清陰高校男子バレー部　春高編』は、これこそが春高の魅力、と断言できる一冊だ。

本書には『2．43　清陰高校男子バレー部　代表決定戦編』の続きが描かれている。福井の強豪で超名門、福蜂《ふくほう》工業との大激戦を制し、春高初出場を果たした清陰《せいいん》高校。観光気分で共に上京する応援団同様、行きはどこかまだフワフワした気分で夢の春高へと向かって、選手たちが、組み合わせ、会場入り、試合と一つ一つの経験を重ねるうちに見違えるほどの成長を遂げていく、壮大なストーリー。その中心には1年生コンビのユニ（黒羽祐仁《くろばゆに》）、チカ（灰島公誓《はいじまきみちか》）がいて、この春高が最初で最後の舞台となる3年生の小田伸一郎《おだしんいちろう》、青木操《あおきみさお》。すっかり頼もしさを増した2年生の棺野秋人《かんのあきと》、大隈優介《おおくまゆうすけ》、外尾一馬《ほかおかずま》、内村直泰《うちむらなおやす》、そして臨時マネージャーの末森荊《すえもりいばら》。全国大会出場チームの中でもほぼ最少人数であろうチームの面々が、夢の舞台で躍動する。ささいなことやすれ違いで何度も衝突したり、ふてくされたりするごく普通の日常過程がこれまで丁寧に描かれてきたからこそ、彼らが初めて春高のオレンジコートに立つ場面では、ここまで来たのか、と感慨深く、思わず「頑張れ！」とエールを送りたくなる。自分もバスに同乗してきた応援団かと錯覚するほどだ。

　本書を読めば、春高の仕組みや日程、そこに至るまでの各都道府県大会を勝ち上がる難しさは十分すぎるほど伝わる。なので、余計な説明は割愛するが、それでも我慢できず、これだけはどうしても伝えたいのが、春高バレーは高校生バレーボール選手にとって、代わりのない特別な大会であること。これだけは間違いなく、さらに言うならばどれほどくどくなっても何度も伝えたい。たとえ出場がかなわず、春高など遥《はる》か遠くの夢のまた夢のさらにその先の夢であっても、高校生バレーボール部員ならばごく自然とバレーボールのマスコットキャラクターで、春高のオフィシャルグッズにもなっているバボちゃんのぬいぐるみや、キーホルダーに手が出てしまう。たとえその場所に届かずとも、いつだって光り輝く舞台が春高だということ。

かく言う自分も、かつてはそんな高校生の一人だった。

思い返せば、体育館のホワイトボードには「春高まであと○日！」と書いていたし、当時は今のように1月開催ではなく3月開催ではあったが、春高予選の組み合わせが決まるだけでワクワクした。一ページ一ページ、読み進めるたびにあの頃の日々が蘇《よみがえ》り、そうそう、こんなこともあった、と少しセンチメンタルな気持ちで、高校時代を思い出した。

結果から言えば、春高もインターハイも国体も、全国大会には一度も出場することができないまま3年間は終わった。ただ、バレーボールを取材して伝えるスポーツライターという職業があり、いつか自分もそんな仕事をしてみたいと思い始めたのは、紛れもなくあの色濃い3年間があったから。大学でもバレーボールを続ける同級生たちにいつか追いつきたい。頑張り続ける姿を今度は自分が書いて伝えたい。シリーズ一作目の『2.43　清陰高校男子バレー部』から一気に読み進める中、そんな原点も蘇り、完全に感情移入してしまった。あまり詳しく書くとネタバレになってしまうのでとどめるが、本書前半に登場する人物が、大学ではアナリストを目指して頑張る、と誇るべくチームメイト、唯一無二の存在であった大エースに告白するシーンで、まだ序盤なのに、思わず落涙した。

自身の経験と重ね、つい感傷に浸ってしまった。壁井先生、ごめんなさい。あまりの筆力に吸い込まれ、取り乱してしまいました。

話を再び本書へ。この物語は、勝者ばかりでなく多くの敗者たちが実に丁寧に描かれている。彼らがいかなる思いや葛藤を抱えながら、春高という最高の舞台を目指して来たのか。そこに至る過程はまるでドキュメンタリーのようにリアルだ。

福岡から東京へ越境しながらも、夢破れたエース。そんな彼と共に日本一を目指したかったのになぜ出て行ったんだ、と憤りを抱きながら「自分は絶対頂点に立つ」と己の信じる「高さ」で戦うバレーボールを貫いてきた小さな大エース。そして、その両者と親交を深めつつも自身は何か足りないのではないか、と抜群のセンスを持ちながらもなお葛藤を続ける選手。

誰もが皆、最初からエースだったわけではなく、最初から主将だったわけではない。何度も手痛い目にあって、心や鼻を折られながら、それでも諦めず、続けてきた。だから彼らは、周囲から頼られ、一緒に勝ちたい、勝たせたい、と信頼される存在になり得て来たのだと、高校生たちの成長過程が実に見事な形で描かれている。

そして時に、残酷なまでに報われない敗者の姿も映し出す。すべてをかけて臨む最後の戦いで、自分が持ち得る以上の力やポテンシャルを発揮できる選手もいれば、ケガという現実に押しつぶされ、力の一割をも出し切ることができないまま、将来のために、と自らを押し殺し、我慢と悔しさを噛《か》みしめなければならない選手もいる現実。

もちろん勝つことだけがすべてではなく、勝てば何でもいいという時代はとうに過ぎた。だが、高校の３年間という限られた時間の中で日本一という大きな目標に向かって臨む覚悟はいかほどか。福井の大エースとしてのプレッシャーを背負い続けながら戦い、清陰に敗れた福蜂工業の三村統《みむらすばる》、そして本作に登場する福岡代表・箕宿《みぼし》の弓掛篤志《ゆみかけあつし》、東京代表・景星《けいせい》学園の浅野直澄《あさのなおずみ》といった、魅力と誇り溢《あふ》れるエースたちの姿がこれ以上ない形で表す、その厳しさと尊さ。

どれほど努力を重ねても、叶《かな》わない夢もあり、志半ばで敗れることもある。絶望にも近いその思いを抱え、優勝候補として挑みながらも敗者となったある選手が廊下で一人涙するシーンでは、これまで何度も、何人も見て来た現実の春高での選手たちの姿が重なり、落涙に留まらず涙が溢《あふ》れた。

多くのメディアに取り上げられる機会も多く「主役」と扱われることが多いスター選手、各チームのエースや主将だけでなく、決して目立たずとも一本をつなぐコートの選手たち。そして一本にすべてをかけるリリーフサーバーやリリーフブロッカーとして投入される選手。少しでも見過ごさぬように、と出場する選手を同時進行でメモし、たとえひと言でも文字として残すことができたら、とひたすら試合を見て、コメントを取るべく駆け回る５日間。それが、選手だけでなく取材者にとっての春高であり、枯らすように声を張り上げて泣く選手や、必死でこらえながらも耐え切れず涙を拭う選手たちを見て、彼らはここまでどれほどの時間を過ごしてきたのだろうと想像するだけで、取材者として冷静に見て、聞き、伝えなければならないはずの自分も涙が出る。そんなことを何度も繰り返してきた。

だからこそ、思わずにいられない。あの時、あの春高に壁井先生もいたのだろうか、と。まるですべてを見ていたかのごとく、胸の痛みすら伝わるような描写、筆力に、ただただ、感服するばかりだ。むしろどうすればこれほどリアルに、あますことなく魅力を伝えることができるのか、真剣に教えを請いたい。

かつて取材させてもらった多くの選手が、春高や、高校での濃密な3年間を経てVリーグや海外リーグで活躍するなど、それぞれがそれぞれの未来を生きている。そして、そんな彼ら、彼女たちの姿を見て、また取材することができるのは、この上ない楽しみだ。

本書でも、春高という大きな大きな舞台での戦いを終えた選手たちが、それぞれの未来に向け、新たなスタートを切る姿が描かれている。彼らはここからどんなステージで、どんな姿を見せるのだろう。福井から上京し、初めて見たきらびやかな春高や、オレンジコート以上の衝撃をまた力に描かれる、新たな成長物語――。

主役は一人ではなく、脇役などいない。福井から再び春高を目指す選手たち、そして大学で更なる進化を果たす選手たち。ケガからの復活を誓い、また、そんな彼の姿を追いながら新たな夢を目指す選手たち。さらに言えば、新天地へ渡り、日本のみならず世界をも視野に留まることなく成長を遂げるであろう選手たち。
新たな夢の続きはどんな形で描かれるのだろうか。春高で実際に取材させてもらった選手たちに加え、本書の中で躍動する選手たちの「これから」が、ただただ、楽しみで仕方がない。

（たなか・ゆうこ　スポーツライター）

『2.43』がもっとわかる
バレーボール初級講座

★ ゲームの基本的な流れ

- サーブが打たれてから、ボールがコートに落ちたり、アウトになるまでの一連の流れを**ラリー**という。ラリーに勝ったチームに1点が入る（**ラリーポイント制**）。得点したチームが次にサーブする権利（**サーブ権**）を得る。サーブ権が移ることを**サイドアウト**という。
- 公式ルールは1セット25点先取の5セットマッチ。3セット先取したチームが勝利する。第5セットのみ15点先取になる。高校の大会は3セットマッチで行う場合も多い。
- 一般男子の大会や高校男子の全国大会のネットの高さは**2m43cm**。高校男子の県大会は2m40㎝で行う県もある。

★ ポジション――バレーボールには2つの「ポジション」がある

プレーヤー・ポジション＝チーム内の役割や主にプレーする位置を表すポジション

ウイングスパイカー（レフト、アウトサイドヒッター）
フロント（前衛）レフトで主にプレーするスパイカー。高校男子バレーにおけるエースポジション。

ミドルブロッカー（センター）
フロント（前衛）センターで主にプレーするブロックの要。攻撃ではクイックを主に打つ。

オポジット（ライト、セッター対角）
フロント（前衛）ライトで主にプレーするスパイカー。トップレベルではサーブレシーブに参加しないエーススパイカーが配されるが、高校レベルではウイングスパイカーが配され攻守の要となることが多い。

リベロ
後衛選手とのみ交代できるレシーブのスペシャリスト。違う色のユニフォームを着る。

セッター
攻撃の司令塔。スパイカーの力を引きだす役割として、スパイカーとの信頼関係を築く能力も求められる。

コート・ポジション＝ローテーションのルールによって定められたコート上の位置

- 各セット開始前に提出する**スターティング・ラインアップ**に従って**サーブ**順が決まる。
- ウイングスパイカー2人、ミドルブロッカー2人、セッター／オポジットをそれぞれ「**対角**」に置くのが基本形。後衛のプレーヤーは「ブロック」「アタックラインを踏み越してスパイクを打つこと」ができない。
- サイドアウトを取ったチームは時計回りに1つ、コート・ポジションを移動する(=ローテーション)。このときフロントライトからバックライトに下がったプレーヤーがサーバーとなる。
- サーブが打たれた瞬間に、各選手がコート・ポジションどおりの前後・左右の関係を維持していなければ反則になる。サーブ直後から自由に移動してよい。
- 後衛のプレーヤーのいずれかとリベロが交代することができる。ミドルブロッカーと交代するのが一般的。

コート・ポジションと、スターティング・ラインアップの一例

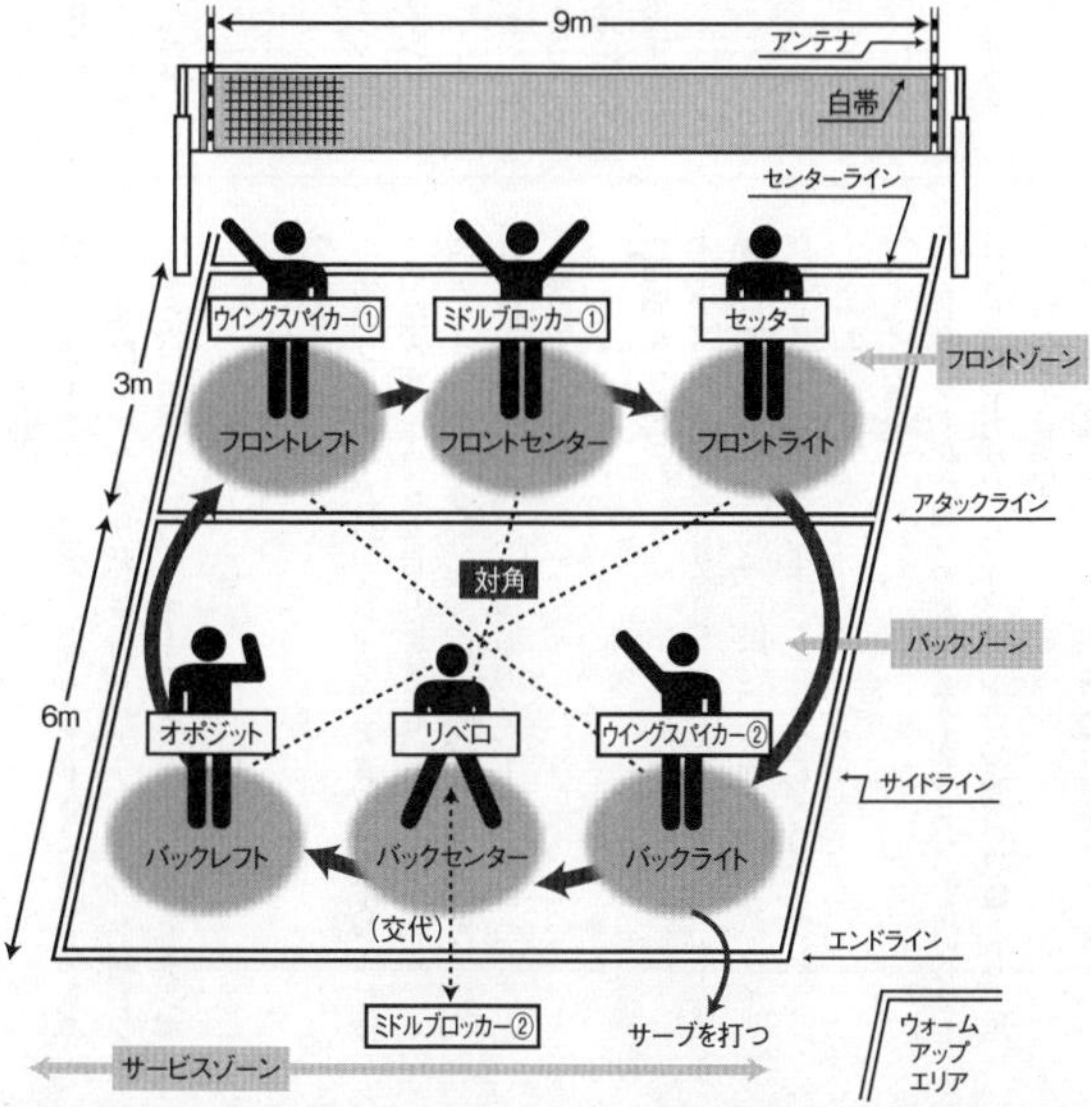

バレーボール用語集

【サイドアウト】
サーブレシーブ側のチームが得点し、**サーブ権**が移ること。サイドアウトを取ったチームは、ローテーションを一つ回してサーブを打つ。これに対し、サーブ側のチームが得点して連続得点となった場合を**ブレイク**という。この場合はローテーションを回さず、同じサーバーがサーブを続行する。

【コンビプレー（コンビ攻撃）】

セッターが複数のスパイカーを操って、相手のブロックのマークをはずそうと意図する**サインプレー**。サインどおりにプレーするためにAパスが要求される。マンツーマンブロック戦術が一般的な高校バレーにおいては多用され、バレーボールの華とも言える攻撃。ゾーンブロック戦術が基本で、サーブが強力な世界トップレベルにおいてはコンビプレーよりもむしろ、攻撃の選択肢の確保が優先される。


【クイック（速攻）】

トスがあがってから打たれるまでの経過時間が短いスパイク。主には、前衛ミドルブロッカーがセッターに近い位置から打つスパイクを指す。

コンビプレーにおいては、時間差攻撃のおとりとしてマイナステンポのクイックが多用され、攻撃の選択肢を確保する意図ではファーストテンポのクイックが多用される。

セッターとスパイカーの相対的な位置関係により、**Aクイック**から**Dクイック**に分けられる。


【オープン攻撃】

前衛両サイドのスパイカーに向かって十分に高いトスをあげ、時間的余裕を持たせて打たせるスパイク。前衛レフトから打つ場合は**レフトオープン**と呼ぶ。サードテンポのスパイクの代表。


【バックアタック】

後衛のプレーヤーが打つスパイク。**アタックライン**より後ろで踏み切って打たなければならない。

海外では"back row attack"と呼ばれる。"back row"は「後衛」の意味で、「後衛のプレーヤーが打つ」ことを明示した表現。


【時間差攻撃】

マイナステンポのおとりにコミットで跳んだブロッカーが、直後にもう一度ブロックに跳んでも間に合わないタイミングでスパイクを繰りだすことを意図したコンビプレー。


【パイプ攻撃】

バックセンターから繰りだす、ファーストテンポないしはセカンドテンポのバックアタック。主に時間差攻撃として用いられるものを指す。

攻撃の選択肢の確保を意図して繰りだすファーストテンポのバックアタックは「**ビック（bick）**」(back row quick

の略）と呼ばれる。

【ブロード攻撃】
片足踏み切りで跳び、踏み切り位置から身体がネットに平行に流れながら打つスパイク。

【Cワイド】
ブロード攻撃の一つ。ライト側に流れながら**Cクイック**を打つこと。

【ダイレクトスパイク】
相手コートから飛んできたボールを直接スパイクすること。

【テンポ】
セッターの**セットアップ**と、スパイカーが助走に入るタイミングならびに、踏み切るタイミングの関係を表す。**マイナステンポ**、**ファーストテンポ**、**セカンドテンポ**、**サードテンポ**がある。

【スロット】
コートをサイドラインに平行に1m刻みで9分割して表すコート上の空間位置。ネットからの距離は問わない。主には、レセプションが返球される位置や、スパイカーが助走に入る位置を表すのに用いられる。

【ツーアタック（ツー）】
ジャンプトスをあげると見せかけて、セッターが強打や**プッシュ**で相手コートに返球すること。セッターは自コートのレフト側を向いてトスをあげるのが基本姿勢となるため、その姿勢を崩さずに強打を打てる左利きのセッターのほうがツーアタックに有利とされる。

【二段トス】
レシーブが大きく乱れたとき、コート後方やコート外からあがる一般的に高いトス（**ハイセット**）。セッター以外があげる場合も多い。

【ワンハンドトス】
片手であげるトス。特にネットを越えそうな勢いのあるボールをトスするときに使われる。

【ジャンプサーブ（スパイクサーブ）】
サービスゾーンで助走・ジャンプして、スパイク並みの威力で打つサーブ。他のサーブの種類に**ジャンプフローターサーブ**、**フローターサーブ**などがある。

【サービスエース】
サーブが直接得点になること。レシーブ側がボールに触れることもできずに得点になったサービスエースを**ノータッチエース**と呼ぶ。

【レセプション】

サーブレシーブのこと。


【ディグ】

レセプション以外のレシーブのこと（**スパイクレシーブ**など）。


【フライングレシーブ、ダイビングレシーブ】

空中に身を投げだしたり、床に滑り込んだりして、離れた場所のボールに飛びつくレシーブ。身体を回転させながらレシーブすることで、すぐに起きあがることを意図したプレーを**回転レシーブ**と呼ぶ。


【パンケーキ】

ボールが床に落ちる寸前に手の甲をボールの下に差し入れて、ぎりぎりで拾うレシーブ。ダイビングレシーブでよく用いられる。


【マンツーマンブロック戦術、ゾーンブロック戦術】

マンツーマンブロックは相手のスパイカー1人に対して、ブロッカー1人が対応してブロックに跳ぶ戦術。3人以下のスパイカーしか攻撃を仕掛けてこない相手に対して主に用いられる。

ゾーンブロックは自チームの守るべきゾーンを、ブロッカー3人で分担して対応するブロック戦術。常に4人以上が攻撃を仕掛けるトップレベルのバレーボールにおいては、ゾーンブロック戦術が基本となる。


【コミットブロック、リードブロック】

反応の仕方によるブロックの分類。

コミットブロックはマークしたスパイカーに反応するブロックで、スパイカーの助走動作にあわせてブロックに跳ぶ。マンツーマンブロック戦術ではコミットブロックが基本となる。

リードブロックはトスに反応するブロックで、ゾーンブロック戦術で用いられる。トスが上がる時点で攻撃の選択肢が限られる場合は、複数のブロックをそろえることが可能だが、攻撃の選択肢が多い場合は、ブロックが間にあわない可能性が高くなる。


【バンチシフト】

ゾーンブロック戦術において、ブロッカー3人がセンター付近に束（バンチ）になって集まるブロック陣形。ブロックとディグの連係を図ることが容易なため、世界トップレベルにおいては頻用される陣形である。他には、ブロッカー3人が均等にゾーンを分担して守る**スプレッドシフト**などがある。


【リリース】

バンチシフトから、両サイドどちらかのブロッカー1人を切り離す（リリース）ブロック陣形。意図的にそうする場合もあるが、サイドブロッカーが**ブロックステップ**に難があるために、無意識のうちにそうなるケースが多い。

【ブロックアウト】
ブロックにあたったボールがコート外に落ちること。アタック側の得点となる。

【オーバーネット】
ネットを越えて相手コートの領域にあるボールに触れる反則プレー。ただし、相手コートからの返球をブロックする際には反則にはならない。

【リバウンド】
ブロックにあたって自コートに戻ってきたボールをつなぐこと。強打すればシャットアウトされることが予想される場面で、軟打でブロックにあててリバウンドを取り、攻撃を組み立てなおす戦法もある（**リバウンド攻撃**）。

【クロス、ストレート】
スパイクのコースの種類。クロスはコートを斜めに抜けるスパイク。ストレートはサイドラインと平行にまっすぐ抜けるスパイク。クロスの中でもネットと平行に近いほどの鋭角なスパイクを**インナースパイク**と呼ぶ。

【ふかす】
打ちそこねて大きくアウトにすること。

【テイクバック】
ボールを打つために腕を前に振る準備として、腕を後ろに引くこと。

【Aパス、Bパス、Cパス、Dパス】
サーブレシーブの評価を表す。大枠の基準は、A＝セッターにぴたりと返る、コンビプレーが使えるサーブレシーブ。B＝セッターを数歩動かすが、スパイカーの選択肢が保たれるサーブレシーブ。C＝セッターを大きく動かし、スパイカーの選択肢が限定されてしまうサーブレシーブ。D＝スパイクで打ち返せず相手チームのチャンスボールになる、もしくは、直接相手コートに返ってしまうサーブレシーブ。

【ファーストタッチ、セカンドタッチ、サードタッチ】
3打（三段ともいう）以内に相手コートに返すというルールの中で、1打目、2打目、3打目にボールにさわること。

【対角】
コートポジションを六角形にたとえた場合に、対角線で結ばれるプレーヤーの関係のこと。対角の2人はローテーションが回っても必ず一方が前衛、一方が後衛になる。長身者や強いスパイカー同士を対角に配置し、前衛・後衛の戦力のバランスを取るのがローテーションの基本の組み方。

【アンテナ】

サイドラインの鉛直線上にネットに取りつけられる棒。相手コートにボールを返球する際、アンテナの外側を通ったり、アンテナにボールが触れるとアウトとみなされる。

監修／バレーペディア編集室

執筆にあたり、以下の団体・個人の方々にご協力いただきました。
大阪府立北野高等学校バレーボール部ＯＢ・竹山真人さん
福井県立福井農林高等学校・宇城敏史先生
バレーボールアナリスト・垣花実樹さん
公益財団法人　日本バレーボール協会様

また作中の福井弁については福井県出身の夫に助言をもらいました。
山川あいじさん、担当編集氏はじめ集英社の関係者様、
多くの方々のお力添えで本書を上梓することができました。
この場をお借りして心より御礼を申しあげます。

なお本書の文責はすべて著者にあります。

本文デザイン／鈴木久美
本文イラスト／山川あいじ

［初　出］
集英社WEB文芸レンザブロー　2017年4月14日～2018年7月27日

本書は2018年9月、集英社より刊行された
『2.43　清陰高校男子バレー部　春高編』を
文庫化にあたり、加筆修正のうえ二分冊して再編集しました。

［主な参考文献］
『2017年度版　バレーボール6人制競技規則』公益財団法人日本バレーボール協会
『Volleypedia　バレーペディア［2012年改訂版］』日本バレーボール学会・編／日本文化出版
『わかりやすいバレーボールのルール』森田淳悟・著／成美堂出版
『コーチングバレーボール（基礎編）』公益財団法人日本バレーボール協会・編／大修館書店

本書のご感想をお寄せください。
いただいたお便りは編集部から著者にお渡しします。

【宛先】
〒101-8050　東京都千代田区一ツ橋2-5-10
集英社文庫編集部『2.43』係

集英社文庫

2.43《にいてんよんさん》 清陰高校男子《せいいんこうこうだんし》バレー部《ぶ》 春高編《はるこうへん》②

2021年3月25日 第1刷　　定価はカバーに表示してあります。

著　者　壁井《かべい》ユカコ

発行者　徳永　真

発行所　株式会社 集英社
東京都千代田区一ツ橋2-5-10　〒101-8050
電話 【編集部】03-3230-6095
【読者係】03-3230-6080
【販売部】03-3230-6393(書店専用)

印　刷　大日本印刷株式会社

製　本　大日本印刷株式会社

フォーマットデザイン　アリヤマデザインストア　　マークデザイン　居山浩二

ISBN978-4-08-744218-2 C0193